Johannes Hoops

Keats' Jugend und Jugendgedichte

Johannes Hoops

Keats' Jugend und Jugendgedichte

ISBN/EAN: 9783743410565

Hergestellt in Europa, USA, Kanada, Australien, Japan

Cover: Foto ©Andreas Hilbeck / pixelio.de

Manufactured and distributed by brebook publishing software (www.brebook.com)

Johannes Hoops

Keats' Jugend und Jugendgedichte

KEATS' JUGEND

UND

JUGENDGEDICHTE

Johannes Hoops

```
        In my mercy despaire þou noght,         f. 51 b, col. 2.
        Sen I þe so dere haue boght,
            And ensaumpill þou take                      45
        Of sinfull mari mawdelayne
        þat with sin was gastly slayne
            And seþin gan it forsake.

        Also ensaumple may þou luke
        Of saint peter þat me forsoke,
            And seþin rewed it sare.
        Mercy had þai sone of me:
        Man, þe same I will do þe,
            þarfore lete at my lare.                     50
```

MANCHESTER, February 21, 1895.   Joseph Hall.

KEATS' JUGEND UND JUGENDGEDICHTE.

»Die veröffentlichung von drei bändchen gedichte, ein paar treue freundschaften, eine tiefe leidenschaft und ein vorzeitiger tod sind die einzigen erwähnenswerthen ereignisse in seiner laufbahn« — mit diesen lapidarischen worten zieht sein erster biograph, lord Houghton, das facit aus dem erdenwallen von John Keats. Was dieser schlichte ausspruch besagt, welche fülle des lebens und leidens, welcher reichthum dichterischer begabung und thätigkeit in ihm einen prunklosen, annalistischen ausdruck erhält, beweist die liebevolle, zweibändige biographie, der diese worte vorangesetzt sind, beweisen nicht minder die urtheile der ersten litterarischen grössen des modernen England.

»Ich bin jetzt zu dem grade von bewunderung für ihn gekommen,« sagt der grösste englische kunstkritiker, John Ruskin, von demselben Keats, »dass ich ihn nicht mehr zu lesen wage: so unzufrieden macht er mich mit meinem eignen werk.« — »Ich halte es für wahrscheinlich,« urtheilt ein neuerer biograph, der ebenso feinsinnige wie vorsichtige und ruhig abwägende Sidney Colvin, über Keats, »dass er sowohl nach begabung wie nach temperament und streben der Shakespeare-ähnlichste geist war, der seit Shakespeare gelebt hat, ... und dass unsere litteratur durch

---

At the end is *de duo denario mani thinges not to | be reiected* in a later hand.

54 *lete at my lare*, See Minot, VI, 22, note.

seinen vorzeitigen tod ihren grössten verlust erlitten hat[1].« — Und ein geistesverwandter dichter, Dante Gabriel Rossetti, dessen liebling und poetisches vorbild Keats war, schrieb von ihm: »Er war unter allen seinen zeitgenossen, die ihren namen verewigt haben, der einzige wahre erbe Shakespeare's[2].« — Auch Tennyson hat mehr als einmal als seine überzeugung ausgesprochen, dass Keats bei längerem leben der grösste englische dichter seit Milton geworden sein würde[3]. Aehnlich haben sich Browning, Swinburne, Matthew Arnold und viele andere dichter und kritiker geäussert, und man darf wohl behaupten, dass Keats heute unter den litterarisch gebildeten in England neben Wordsworth und Tennyson nach anlage und begabung für das grösste dichterische genie seit Shakespeare und Milton gehalten, dass er über Burns, Coleridge, Scott, Byron, Moore und von manchen auch über Shelley gesetzt wird. Auf jeden fall aber hat er auf die entwicklung und gestaltung der neuesten englischen poesie einen tiefgreifenderen einfluss ausgeübt, als irgend ein anderer der dichterheroen aus dem ersten viertel dieses jahrhunderts, mit alleiniger ausnahme von Wordsworth.

Burns' popularität und wirkungssphäre hat sich, hauptsächlich des dialektes wegen, nie in vollem maasse auf England ausgedehnt, sondern ist mehr auf Schottland beschränkt geblieben. Coleridge's dichterische begabung ist zwar in England stets anerkannt worden, doch hat er zu wenig positives geleistet und sich zu früh ganz von der poetischen production ab- und ausschliesslich der litterarischen kritik und ästhetischen spekulation zugewandt, als dass er einen bedeutenderen einfluss auf die jüngere dichtergeneration hätte ausüben können. Scott räumte als dichter in richtiger selbsterkenntniss schon bei lebzeiten seinem jüngeren rivalen Byron das feld, und seine hauptsächliche litterarhistorische bedeutung gründet sich auf seine epochemachende thätigkeit als romanschriftsteller. Byron selbst hat allerdings zeitweilig durch den glanz und die leidenschaft seiner sprache wie durch die schärfe seiner satire und seines witzes die augen des ganzen zeitalters auf sich gelenkt und

---

[1]) Colvin: Keats. (English Men of Letters.) London, Macmillan, 1889. p. 218.
[2]) In einem briefe an Hall Caine; vgl. Caine, Recollections of D. G. Rossetti, London 1882. p. 167.
[3]) Wie Edmund Gosse in seiner rede bei der enthüllung des Keatsdenkmals zu Hampstead im Juli 1894 mittheilte. Vgl. Daily Chronicle, 17. July 1894.

geblendet, aber nur vorübergehend. Schon wenige jahre nach seinem tode setzt die reaction gegen ihn und die ganze pessimistische zeitströmung mit aller macht ein. Mit der sittenlosigkeit des zeitalters der vier George hört auch die frivolität in der litteratur auf. Carlyle ruft der englischen jugend, die noch an dem allgemeinen übel des zeitalters krankt, die eindringlichen mahnworte zu: »Schliesse deinen Byron, öffne deinen Goethe.« Die jüngere generation erhebt den antipoden Byron's, den lange verkannten Wordsworth, und nach ihm Tennyson auf den schild, und trotz mancher versuche ist es bis auf den heutigen tag nicht gelungen, das englische publicum aufs neue für den »sataniker« Byron zu erwärmen. Und Moore? Der leichtfüssige, gefällige anakreontiker war allerdings zu seinen lebzeiten der allgemeine liebling, aber nicht der ganzen nation, sondern nur der oberen zehntausend; und auch hier war seine beliebtheit seit den dreissiger jahren in stetem abnehmen, vor allem seit mit der thronbesteigung der sittenstrengen königin Victoria ein neuer geist in die höhere englische gesellschaft einzog. Wohin der wille der nation ging, das zeigte sich am besten, als beim tode Southey's 1843 einmüthig Wordsworth zum Poeta Laureatus verlangt wurde. Der einzige, der sich dauernd behauptet hat, ist Shelley; er findet gerade in neuester zeit immer mehr bewunderer, aber von grundlegender bedeutung für die neuere englische poesie ist auch er bis jetzt noch nicht gewesen. Die beiden, deren geist im wesentlichen der poesie der ganzen victorianischen epoche ihr gepräge aufgedrückt hat, sind Wordsworth und Keats. So grundverschieden beide in ihrem dichterischen charakter sind, von dem einen oder andern von ihnen oder auch von beiden sind fast alle vertreter der modernen englischen lyrik wesentlich beeinflusst worden.

Wie kommt es nun, dass gerade diese beiden, Wordsworth und Keats, auf dem continent und speciell in Deutschland so sehr wenig bekannt sind, während die andern oben genannten dichter längst zu den guten bekannten, ja zu den lieblingen des deutschen publicums gehören?

Was Wordsworth betrifft, so hat Marie Gothein die ansicht ausgesprochen, dass das spottbild, welches Byron von ihm entwarf, für das ausland noch heute das hinderniss einer grösseren popularität dieses dichters sei[1]). Ich habe bereits in meiner be-

---

[1]) Gothein, Wordsworth I, Halle, 1893, p. V u. 313.

sprechung des Gothein'schen buches, die im nächsten hefte dieser zeitschrift zum abdruck gelangen soll, ausgeführt, dass diese erklärung schwerlich das richtige trifft. In gleichem sinne hat sich Ackermann bei derselben gelegenheit geäussert¹). Es ist einmal der mangel guter übersetzungen, es ist vor allem aber der specifisch englische, ja grossentheils ganz locale charakter der Wordsworth'schen poesie, der sie dem ausländer ebenso fremdartig und ungeniessbar, wie dem Engländer lieb und anziehend gemacht hat. Ich bin überzeugt, dass sich das urtheil über Wordsworth in dem kosmopolitischen Deutschland mit der zeit in demselben grade zu seinen gunsten ändern wird, wie seine dichtungen durch gelungene übersetzungen bekannt und seine litterarhistorische stellung in der englischen poesie des neunzehnten jahrhunderts vom deutschen publicum verstanden und gewürdigt sein wird. Aber eine stellung, wie sie bei uns etwa Burns, Scott, Byron und Shelley einnehmen, wird Wordsworth sich niemals erringen; dazu ist seine poesie viel zu wenig international, viel zu specifisch angelsächsisch.

Ganz anders liegt der fall bei Keats. Dieser gehört, wie Byron, Shelley, Burns und Coleridge, zu denjenigen englischen dichtern, die sich bei aller nationalen grundfärbung doch stets auf den höhen der allgemeinen menschlichkeit bewegen, und seine meisterschöpfungen sind in jeder beziehung dazu berufen, einen dauernden platz in der weltlitteratur einzunehmen.

Wenn er gleichwohl auf dem continent und zumal in Deutschland bisher fast ganz unbekannt blieb, so hat das vor allem darin seinen historischen grund, dass er in England selbst bei seinen lebzeiten völlig verkannt war und erst ein vierteljahrhundert nach seinem tode zur anerkennung gelangte. Lord Houghton (damals noch Monckton Milnes) war es, der durch seine zweibändige biographie 1848 zum ersten male die allgemeine aufmerksamkeit des englischen publicums auf den vorzeitig verstorbenen dichter richtete; aber dann hat dieser sich auch ausserordentlich rasch die herrschende stellung erobert, die er heute im urtheile der gebildeten England's einnimmt. Dante Gabriel Rossetti und die ganze präraphaeliten-bewegung stehen zum grossen theile auf seinen schultern. Auf das ausland aber pflanzte sich sein junger ruhm damals nicht fort. Die wellen der präraphaeliten-strömung schlugen wohl auch nach Deutschland hinüber, aber der geistige vater

---

¹) Anglia, beiblatt, Febr. 1895, p. 285. 290.

derselben blieb hier vorläufig unbekannt. Es sind ja in der regel nur die grossen lebenden geister eines volkes, die auf andere nationen einen weitreichenderen einfluss ausüben; mit der wiederbelebung gestorbener beschäftigen sich zunächst immer nur die gelehrten.

Aber seitdem ist wieder ein halbes jahrhundert verstrichen, und wie wenig Keats inzwischen in Deutschland boden gefunden hat, zeigen am besten die falschen angaben über ihn, die in den landläufigen litteraturgeschichten enthalten sind[1]). An dieser dauernden unbekanntheit unseres dichters ist vor allem der mangel einer guten übersetzung und nicht minder das fehlen eines litterarischen verfechters seiner poesie in Deutschland schuld. Fremde dichter brauchen immer geeignete vermittler auf poetischem wie auf kritischem gebiet. Und die haben bei Keats bisher ganz gefehlt. Uebersetzt ist von seinen dichtungen ausser ganz verschwindenden bruchstücken bislang noch gar nichts; und bedeutendere kritische würdigungen seiner werke fehlen vollkommen[2]).

Dieser gänzliche mangel an übersetzungen aber hat seinerseits zweifellos seinen hauptgrund in der ausserordentlichen schwierigkeit, der gedrängten fülle und zum theil absonderlichkeit von Keats' poetischer sprache. Die zahlreichen eigenartigen, zum theil von ihm selbst geformten epitheta enthalten einen solchen reichthum von bildern, dass eine wirklich gute übertragung in eine fremde sprache als eine dichterische leistung ersten ranges bezeichnet werden müsste. Wie wir hören, ist frau Gothein, die uns bereits eine übersetzung ausgewählter gedichte von Wordsworth geliefert hat, mit einer ähnlichen arbeit über Keats beschäftigt. Wir können nichts sehnlicher wünschen, als dass durch diese übersetzung die schöpfungen der Keats'schen muse auch in Deutschland dauernd boden und anerkennung gewinnen möchten. Nach der biographischen und litterarhistorischen seite hin zu dieser aufgabe ein scherflein beizutragen, ist der zweck der vorliegenden abhandlung[3]).

---

[1]) Selbst der kurze paragraph über Keats in Körting's Grundriss ist durch verschiedene stärkere fehler und irrthümer entstellt.
[2]) Wenn man absieht von der kurzen, aber lesenswerthen skizze in den »Hauptströmungen d. litt. des 19. jahrhunderts« von dem Dänen Brandes, einem buche, das ja auch in Deutschland sich allgemeiner verbreitung erfreut.
[3]) Dieselbe ist nur eine vorstudie zu einem grösseren buche über Keats, das ich später zu veröffentlichen gedenke. — In der folgenden darstellung sind nicht nur die quellenangaben, sondern auch die nebensächlichen beweismomente vorwiegend in die fussnoten versetzt, wodurch die lesbarkeit des textes selbst hoffentlich gewonnen hat.

1. Elternhaus und früheste kindheit.

Man nimmt gewöhnlich an, dass die natur des geburtsortes einer der grundlegenden factoren für die entwicklung der poetischen eigenart eines dichters sei. Fälle wie die von Chaucer, Milton, Pope, Thomson, Burns, Scott, Wordsworth, Byron, Moore, Browning und viele andere scheinen dies zu bestätigen. Der umstand, dass Keats, der wie kein zweiter das geheime weben und wachsen der pflanzenwelt und die schauer der romantik empfunden und besungen hat, in einer langweiligen, prosaischen strasse London's als sohn eines miethkutschers geboren wurde, schlägt jener theorie ins gesicht und ist den biographen als eines jener unlösbaren räthsel erschienen, die immer mit dem auftauchen der genies verknüpft sind. Wir werden später sehen, dass die richtung, die Keats' dichterisches empfinden nahm, bei näherer betrachtung doch nicht so ganz paradox ist, wie es auf den ersten blick erscheint. Das erstehen eines genies an und für sich, sowie die eigenthümliche, angeborene beschaffenheit desselben wird allerdings stets mehr oder weniger in mystisches dunkel gehüllt bleiben; aber für die äussere bahn, die es in seinem lebenslauf auf dieser welt eingeschlagen hat, werden sich doch in den meisten fällen die treibenden ursachen nachweisen lassen.

Des dichters vater, Thomas Keats, war kein Londoner kind. Er stammte aus dem westen, entweder aus Devonshire oder aus Cornwall[1]). In Devonshire kommen noch heute familien dieses namens vor[2]). Es scheint also, dass von väterlicher seite her keltisches blut in des dichters adern rollte, und man liebt es, vielleicht nicht mit unrecht, gewisse züge in seinem temperament und seiner poesie auf diesen factor zurückzuführen.

Thomas Keats war jung nach London gekommen und versah, noch nicht zwanzig jahre alt, die stelle eines oberstallknechts bei John Jennings, dem besitzer eines grossen miethstalles am Finsbury Pavement, Moorfields. Die stallungen waren bekannt unter dem namen »Zum schwan und reif« (Swan and Hoop) und

---

[1]) Des dichters freund, Brown, sagt in seinen memoiren einfach, Thomas Keats sei »a native of Devon« gewesen. Dagegen theilte Mrs. Llanos, die schwester des dichters, Sidney Colvin mit, sie habe in ihrer jugend gehört, ihr vater stamme von Land's End, d. h. aus Cornwall (vgl. Colvin, Keats: App. p. 221). Erstere angabe dürfte den vorzug verdienen.
[2]) Vgl. Colvin im Dict. Nat. Biogr. 30, 275.

lagen etwa da, wo sich heute der eingang zu Finsbury Circus befindet[1]), also nicht weit von Liverpool Street Station. Der junge Keats verstand es, durch seinen praktischen sinn, sein zuverlässiges wesen und einnehmendes äussere nicht nur das vertrauen seines chefs, sondern auch das herz von dessen tochter Frances oder Fanny zu gewinnen. Aber die heirath mit der tochter seines herrn, die für ihn eine wesentliche verbesserung seiner stellung und vermögensverhältnisse bedeutete, änderte in seiner gesinnung nichts: er blieb nach wie vor derselbe anspruchslose, fleissige mann.

Der alte Jennings, der sehr wohlhabend war, zog sich bald nach der verheirathung seiner tochter aufs land zurück und überliess seinem schwiegersohn das geschäft. Er scheint ein gutmüthiger mann gewesen zu sein und verfuhr manchmal vielleicht etwas zu freigebig und verschwenderisch mit seinem vermögen. Auch die grossmutter, Alice Jennings, wird als eine begabte, vernünftige frau gerühmt[2]).

Das junge paar blieb zunächst in den stallungen am Finsbury Pavement wohnen, und hier erblickte als ihr erstgeborener am 31. October 1795 der spätere dichter, John Keats, das licht der welt[3]). Am 18. December 1795 wurde er in der heute schön erneuerten St. Botolph's-kirche, Bishopsgate (in unmittelbarer nachbarschaft von Liverpool Street Station) getauft. Dem erst-

---

[1]) Cowden Clarke's »Recollections of Keats«, herausg. von Forman in seiner grossen vierbändigen ausgabe von Keats' werken: 4, 302. (Letztere fortan stets citirt als KW.) — Vgl. auch Colvin im Dict. Nat. Biogr. 30, 276.
[2]) Notiz von George Keats: KW 4, 409, anm. 1.
[3]) Ueber den tag der geburt gehen die angaben auseinander. Im taufregister der St. Botolphs-kirche steht, wie Sidney Colvin zuerst nachgewiesen hat (a. a. o. p. 221), in der handschrift des damaligen rectors dr. Conybeare deutlich der 31. October als geburtstag angegeben: »18. Dec. John Keats. Son of Thomas & Frances. Oct. 31.« Aber Keats selbst und seine familie glaubten fest, er sei am 29. October geboren. Zwischen diesen beiden angaben kann man schwanken, doch dürfte die notiz im kirchenbuch als zuverlässiger vorzuziehen sein. Ganz falsch ist dagegen eine andere datirung, die sich in vielen litteraturgeschichten (u. a. auch bei Körting) findet, wonach Keats erst am 29. October 1796 geboren wäre. Sie geht, soweit ich sehe, auf eine falsche angabe Leigh Hunt's in seinem »Lord Byron and Some of his Contemporaries« (KW 4, 276) zurück. Abgesehen von jener notiz im taufregister und anderen zeugnissen wird das schon durch die einfache thatsache widerlegt, dass George Keats bereits am 28. Februar 1797 geboren wurde! — Leigh Hunt ist auch sonst oft sehr unzuverlässig. Nennt er doch nicht nur in den beiden auflagen seines oben genannten buches von 1828, sondern auch noch in der 1. auflage seiner autobiographie von 1850 (II, 211) den 27. December 1820 als den todestag seines freundes.

geborenen, John, folgten in den nächsten jahren noch vier andere kinder, nämlich:

2. George, geb. 28. Februar 1797, gest. 1842.
3. Thomas, meist Tom genannt, geb. 18. November 1799, gest. 1818.
4. Edward, geb. 28. April 1801, starb schon in frühester kindheit.
5. Frances Mary (Fanny genannt), geb. 3. Juni 1803, gest. als Mrs. Llanos erst 1889.

Die drei jüngeren brüder wurden alle zusammen am 24. September 1801 zu St. Leonards, Shoreditch, getauft[1]). Inzwischen war nämlich die familie Keats aus den stallungen in Finsbury Pavement nach einer etwa eine halbe englische meile nördlicher gelegenen wohnung in Craven Street, City Road, verzogen, die zum bezirk der St. Leonards-kirche gehörte.

In diesen beiden wohnungen verlebte John Keats seine früheste kindheit. Wie dieselbe verlief, und welche eindrücke und ereignisse den geist des kindes vorwiegend beschäftigten, davon erfahren wir herzlich wenig. Das familienleben scheint ein glückliches gewesen zu sein. Was uns von dem charakter der eltern berichtet wird, ist durchaus dazu angethan, uns mit achtung vor ihnen zu erfüllen. Der vater wird uns geschildert als ein mann von hervorragender intelligenz, lebhaftem, energischem gesichtsausdruck, angeborenem taktgefühl und ohne jede spur von gemeinheit oder überhebung[2]). John war der einzige von seinen söhnen, der ihm in der gestalt und im äussern glich; George und Thomas schlugen mehr nach der mutter. Diese war gross, gut gewachsen, hatte ein ovales gesicht, einen lebhaften verstand und scheint etwas sanguinischen temperaments gewesen zu sein[3]). Ihr sohn George rühmt sie später als eine vortreffliche, zärtlich liebende mutter, fügt aber hinzu, sie habe vor allem John, der ihr im gesicht sehr ähnlich sah, in ihr herz geschlossen gehabt und ihm in allen seinen launen, deren er nicht wenige hatte, seinen willen gelassen[4]).

---

[1]) Colvin, Keats 221.
[2]) Vgl. Clarke: KW 4, 302. Ferner Milnes' Biogr. von Keats, 1. aufl. 1848 I, 4.
[3]) Man erzählte von ihr, sie sei ausserordentlich vergnügungssüchtig gewesen und habe durch unvorsichtigkeit die geburt ihres ältesten kindes beschleunigt (Keats war ein siebenmonatskind). Vgl. Milnes a. a. o. I, 4. — Wie weit das richtig ist, lässt sich nicht mehr controlliren.
[4]) KW 4, 406; 409, anm. 1.

Dass er in seiner frühesten kindheit äusserst heftig und unbändig war, erfahren wir auch von anderer seite. Ein vorfall aus seinem fünften lebensjahr ist bezeichnend genug dafür und zeigt, wohin die nachgiebigkeit der mutter führte. Eines tages hatte der kleine kerl irgendwo einen säbel aufgetrieben; damit stellte er sich vor die thür und schwur, er werde niemand heraus lassen. Als seine mutter trotzdem durchpassiren wollte, bedrohte er sie so heftig, dass sie zu schreien anfing und warten musste, bis jemand durch's fenster ihre lage bemerkte und ihr zu hilfe kam[1]).

Eine andere anekdote aus dieser zeit deutet auf den künftigen dichter hin. Als er kaum im stande war zu sprechen, pflegte er, wenn die leute ihn etwas fragten, statt eine vernünftige antwort zu geben, vielmehr einen reim auf das letzte wort des fragenden zu machen und dann zu lachen[2]).

2. Schulzeit in Enfield (ca. 1803—10).

Der alte Keats hatte selber keine höhere bildung genossen; desto mehr war es ihm darum zu thun, dass seine kinder etwas tüchtiges lernen sollten. Er hätte sie am liebsten nach Harrow geschickt; aber dazu reichten doch seine mittel nicht aus, und so entschlossen die eltern sich denn, John in die **schule des Rev. John Clarke in Enfield** zu thun, die sich damals eines guten rufes erfreute und siebzig bis achtzig zöglinge zählte. Zwei brüder der frau Keats, von denen der eine ein tüchtiger marineofficier geworden war, hatten die anstalt durchgemacht[3]); das gab vielleicht den ausschlag für die wahl. John stand anscheinend in seinem siebenten oder achten lebensjahr, als er in die schule eintrat[4]).

---

[1]) So berichtet der maler Haydon (KW 4, 348), der die geschichte seinerseits von Tom Keats gehört hatte, und diesem war sie wieder von einem früheren dienstboten erzählt worden. — Eine andere version bietet Milnes (I, 4). Danach habe John, als seine mutter einst schwerkrank darnieder lag und nicht gestört werden sollte, mehrere stunden lang mit einem alten säbel vor ihrer thür posten gestanden und niemand den zutritt gestattet. Diese fassung, die auf einer späteren überlieferung beruht, sieht doch wohl etwas zu sehr wie eine idealisirte umgestaltung der obigen anekdote aus.

[2]) Haydon: KW 4, 348.

[3]) Clarke: KW 4, 302. — Cowden Clarke's »Recollections of Writers« sind für diese periode naturgemäss unsere wichtigste quelle.

[4]) Jedenfalls war er nicht älter, wahrscheinlich noch etwas jünger.

Enfield war damals noch ein dorf, zehn englische meilen nördlich von London in der grafschaft Middlesex gelegen. Die schule des Rev. John Clarke stand am untern ende des ortes, etwa da, wo sich heute die station der Great Eastern bahn befindet. Charles Cowden Clarke, der bekannte Shakespeare-forscher, hat uns ein anschauliches gemälde von seines vaters schule und deren umgebung entworfen, wie wir sie uns zur zeit, wo der junge Keats dort weilte, zu denken haben[1]). Das schulhaus war ein schönes gebäude von rothem backstein aus dem beginn des achtzehnten jahrhunderts und bot mit den sorgfältig ausgeführten verzierungen von blumengewinden und cherubim-köpfen in der front ein gutes beispiel der häuslichen architektur jener zeit. Es war ursprünglich der landsitz eines reichen westindischen kaufmannes gewesen. Mit seinen grossen, luftigen räumlichkeiten und den beträchtlichen ländereien, die dazu gehörten, eignete es sich vortrefflich für eine schule. Das schulzimmer, das sich auf der stelle, wo früher die stallungen waren, befand, war vierzig fuss lang. Als spielplatz diente ein geräumiger hof zwischen dem schulzimmer und dem hause. An den spielplatz grenzte ein hundert ellen langer garten, von dem eine ecke den knaben, die freude am gartenbau zeigten, zur eignen bewirthschaftung überlassen war. Weiterhin war eine rasenfläche mit einem teich und am andern ende des teiches eine idyllische laube, wo man an lauen Mai-abenden die nachtigallen schlagen hören konnte, und wo Keats in späterer zeit manche genussreiche stunde mit seinem freunde Cowden Clarke verbrachte. Auf der andern seite des hauses war ein eingefriedigter trockenplatz für die wäsche, und von da führte eine pforte auf ein zwei morgen grosses stück weideland, wo die beiden kühe grasten, die die anstalt mit reichlicher frischer milch versahen.

Als später die gesellschaft der Great Eastern bahn das grundstück zur anlage einer station ankaufte, wurde das alte schulhaus ohne wesentliche umänderungen als stationsgebäude verwandt und war noch im jahre 1856 in seiner alten, architektonisch interessanten gestalt erhalten. Seitdem hat es allerdings einem neuen stationsgebäude platz machen müssen, aber der mittlere theil der façade wurde für das South Kensington Museum erworben, wo er noch jetzt, sorgfältig wieder hergestellt, als ein muster des häus-

---

[1]) Abgedruckt von Forman, KW 4, 341—45.

lichen baustils aus dem anfang der georgianischen periode zu sehen ist.

In dieser hübschen, ländlichen umgebung, auf diesem gute »von beinahe unbegrenzter ausdehnung und pracht für die einbildungskraft eines schulknaben«, wie Clarke nicht mit unrecht sich ausdrückt, verbrachte nun John Keats die nächsten sieben bis acht jahre. Man hat es, wie schon oben bemerkt, oft als ein wunder hingestellt, dass Keats, der sohn des Londoner miethkutschers, der seine jugend in dem gewühl der weltstadt verlebt habe, sich ein solch feines naturgefühl aneignen und so vortreffliche, treue naturschilderungen liefern konnte. Dies urtheil beruht auf vollkommen falschen annahmen. Wäre Keats wirklich nie aus London heraus gekommen, so wären solche scharf beobachtete und tief empfundene schilderungen des naturlebens, wie er sie uns bietet, allerdings ein wunder. Es ist ja nicht nöthig, dass ein dichter die ganze welt bereist hat; es kommt nicht so sehr darauf an, wie viel er gesehen, als vielmehr darauf, wie er es sah. Etwas jedoch muss er unbedingt von der natur gesehen haben, wenn seine poesie nicht nach der studirstube schmecken und eine blosse wiederspiegelung seiner lectüre werden soll, wie es bei Pope mehr oder weniger der fall war.

Aber Keats hat eben durchaus nicht seine ganze jugend im Londoner stadtgewühl verlebt. Er war allerdings darin geboren und brachte auch seine früheste kindheit dort zu; aber schon im alter von sieben oder acht jahren kam er aus der stadt heraus in die schule zu Enfield, und hier, inmitten reizender, ländlicher umgebung, hat er gerade die für die entwicklung des geisteslebens wichtigsten jahre verlebt. Zudem zog seine mutter schon 1805, d. h. in seinem zehnten lebensjahre, nach Edmonton hinaus, so dass John von da ab auch während der ferien in ländlicher umgebung war. Edmonton ist jetzt eine vorstadt von London, aber die nachbarschaft hat auch heute noch einen durchaus ländlichen charakter bewahrt. Und Enfield vollends mit seinen zerstreut liegenden, schmucken häusern und seiner malerischen, parkartigen umgegend ist gegenwärtig noch ein so ruhiges, reizendes, idyllisches landstädtchen, dass es getrost den vergleich mit dem Shakespeare'schen Stratford-on-Avon oder einem anderen weltentlegenen provinzialstädtchen aufnehmen kann. Damals aber, als Keats dort die schule besuchte, war es, um mich der worte Clarke's zu bedienen, »geradezu das ideal eines englischen dorfes.«

So lebte Keats während seiner ganzen schulzeit in innigstem verkehr mit der natur. Und als er in seinem fünfzehnten jahre die schule verliess, ward er zu einem chirurgen nach Edmonton in die lehre gethan, wo er die nächsten vier jahre verbrachte — also wieder in ländlicher umgebung. Während seiner medicinischen studienjahre (1814—16) war er allerdings genöthigt, im herzen von London zu leben. Aber auch von da machte er wiederholt weitere ausflüge auf's land: in den sommerferien 1816 finden wir ihn in Margate, wo er zuerst das meer sah; und im frühjahr 1817 machte er eine reise nach der insel Wight, nach Margate und von da eine tour durch Kent. Und dann liess er sich in Hampstead nieder, wo er die für sein poetisches schaffen fruchtbarsten jahre 1817—20 in einer reizenden, lauschigen wohnung mit malerischer nachbarschaft, fern vom getriebe der weltstadt zubrachte. Und auch von hier unternahm er beständig längere ausflüge. Wirkliche gebirge sah er freilich zum ersten male erst auf seiner schottischen reise im sommer 1818: desshalb spielt auch die grossartigkeit der gebirgslandschaft in seinen naturschilderungen eine so geringe rolle. Jedenfalls geht aber aus alledem zur genüge hervor, dass Keats von früh auf hinreichend gelegenheit hatte, jene fülle und mannigfaltigkeit der natureindrücke in sich aufzunehmen, die wir in seinen dichtungen bewundern. Nicht die allerfrüheste kindheit mit ihren meist rasch verblassenden erinnerungsbildern, sondern die eigentliche knabenzeit, etwa vom sechsten jahre an, ist es, deren lebhafte, bleibende eindrücke den interessen und der entwicklung des menschlichen geistes charakter und richtung verleihen.

Kehren wir nach dieser abschweifung zu unserm Enfielder schulknaben zurück. John war noch nicht sehr lange in der schule gewesen, da traf ihn unerwartet ein schwerer schlag: **sein vater starb in folge eines sturzes mit dem pferde am 16. April 1804.** Der alte Keats pflegte dann und wann nach Enfield hinaus zu reiten, um persönlich nachzusehen, wie sich seine jungen machten (dem ältesten scheint bald auch der zweite sohn, George, nach Enfield gefolgt zu sein)[1]. Am 15. April 1804

---

[1] Clarke, KW 4, 302: »I perfectly remember the warm terms in which his demeanour used to be canvassed by my parents after he had been to visit his boys.« Aus dem plural boys geht hervor, dass schon zu lebzeiten des vaters mindestens zwei der jungen in Enfield gewesen sein müssen. Aus dem »used to be« darf man schliessen, dass der alte Keats sie öfters besuchte. Und da es wahrscheinlich ist, dass erst John allein und dann, vielleicht

war er wieder draussen gewesen. Auf der rückkehr stieg er in Southgate ab, um dort zu abend zu essen. Dabei wurde es spät, und als er City Road entlang ritt, stürzte er so unglücklich mit dem pferde, dass er einen schädelbruch erlitt. Es war gegen ein uhr morgens, als der wächter ihn fand; er lebte noch, aber war unfähig zu sprechen. Der wächter holte hilfe herbei und schaffte ihn in ein benachbartes haus, wo er acht uhr morgens (am 16. April) verschied[1]). Er war nur 36 jahre alt geworden[2]).

Seine wittwe tröstete sich rasch. Binnen jahresfrist bereits finden wir sie wieder verheirathet mit einem gewissen William Rawlings, der wahrscheinlich als nachfolger ihres ersten gatten die verwaltung von ihres vaters geschäft übernommen hatte. Diese ehe war keine glückliche. Die gatten trennten sich schon nach kurzer zeit, und frau Rawlings begab sich mit ihren kindern nach Edmonton in's haus ihrer mutter, die auch eben verwittwet war; der alte Jennings war am 8. März 1805 gestorben. Mit Rawlings scheint die familie fortan allen verkehr abgebrochen zu haben; in dem briefwechsel der gebrüder Keats in den späteren jahren wird der stiefvater nie erwähnt.

Uebrigens war die familie auch ohne ihn sehr gut versorgt. Der alte Jennings hatte ein vermögen von über 13000 pfund, d. i. über eine viertel million mark, hinterlassen[3]). Hiervon sollte nach den bestimmungen des testaments seine wittwe, von andern legaten abgesehen, ein capital, das jährlich 200 pfund zinsen abwarf, für sich allein erhalten. Ein weiteres capital von £ 50 zinsen jährlich war für seine tochter Frances Rawlings ausgesetzt mit der bestimmung, dass dasselbe nach ihrem tode an ihre kinder erster ehe fallen solle. Ausserdem sollte den kindern eine besondere summe von £ 1000 (= 20000 mark) reservirt bleiben und unter sie getheilt werden, nachdem sie mündig geworden[4]).

---

ein jahr nachher, auch sein 1½ jahr jüngerer bruder George nach Enfield kam, so würde unser dichter bereits im alter von 7 jahren in Mr. Clarke's schule eingetreten sein. Dazu würde auch eine bemerkung Cowden Clarke's stimmen, wonach John bei seinem eintritt kaum den kinderkleidern entwachsen war (KW 4, 302). Auf keinen fall aber ist er älter als acht gewesen.

[1]) Clarke: KW 4, 302. — Hunt: KW 4, 275. — Ein gleichzeitiger bericht über den unglücksfall im »Gentleman's Magazine« ist neu abgedruckt von Forman, KW 4, 275, anm. 3.
[2]) Milnes, Life I, 4.
[3]) Genau £ 13160. 19 s. 5 d.
[4]) Das verdienst, diese vermögensverhältnisse der familie Jennings klar gestellt zu haben, gebührt Sidney Colvin, der aus den umfangreichen actenstücken des Court of Chancery alles hierauf bezügliche material zusammentragen liess. Vgl. Colvin, Keats p. VIII. 5. 221.

Zieht man endlich noch in betracht, dass ausser diesem vermächtniss des grossvaters Jennings jedenfalls doch auch John Keats bei seinem tode seiner wittwe und den kindern einiges vermögen hinterlassen haben wird, so ergiebt sich unzweifelhaft genug, dass die familie sich in recht guten verhältnissen befand, und dass für die zukunft unseres dichters und seiner geschwister in einer weise gesorgt war, wie es nicht vielen kindern zu theil wird.

So verflossen die nächsten jahre für John Keats ziemlich sorgenlos und ungetrübt, theils in Mr. Clarke's schule zu Enfield, theils im grossmütterlichen hause in Church Street, Edmonton. Aus seinem eigenen munde wissen wir sehr wenig über seine jugend. Fast das einzige, was er uns über diese periode berichtet, ist in ein paar knittelversen enthalten, die er auf seiner schottischen reise im sommer 1818 für seine schwester schrieb. Da skizzirt er mit flüchtigen strichen eine scene aus seinem ferienleben in Edmonton, wie er an den bach läuft und fische fängt und sie daheim in drei waschkübeln aufbewahrt, ohne sich um die einwendungen der guten grossmutter und das schelten der magd zu kümmern[1]).

Das verhältniss der vier geschwister zu einander war von früh an das denkbar schönste. Die drei brüder, John, George und Tom, waren unaufhörlich darauf bedacht, das schwesterchen zu unterhalten, und sie wurden förmlich eifersüchtig, wenn sie einen zu bevorzugen schien[2]). Unter den brüdern selbst, die jetzt alle zusammen Mr. Clarke's schule besuchten, kam es wohl manchmal zu streit und zwistigkeiten, wie das bei knaben in dem alter so geht, und besonders George und John lagen sich sehr häufig in den haaren, wozu John's erregbares, launenhaftes temperament in der regel den anlass gab. Aber das that der brüderlichen liebe keinen eintrag, im gegentheil, sie hielten so viel von einander, wie selten brüder thun; und wenn John mit anderen kameraden in streit geriet, so trat George, der von haus aus grösser, kräftiger und ruhiger war, oft genug für den älteren bruder ein, während beide gleichmässig es als ihre pflicht ansahen, den immer zarten, kränkelnden Tom zu beschützen. Und wenn John von trüben, hypochondrischen gedanken gequält wurde, unter denen er schon damals viel zu leiden hatte, so wandte er

---

[1]) Letters of John Keats, Ed. Colvin, p. 121.
[2]) George an Fanny, 1825: KW 4, 401.

sich an die beiden jüngeren brüder um trost, und er wusste, dass er nicht vergeblich anklopfte. »Von der schulzeit an, wo wir uns abwechselnd liebten, zankten und prügelten«, schreibt George nach des bruders tode, »bis zu unserer trennung im jahre 1818 habe ich ihm durch beständige theilnahme und aufmunterung und durch unerschöpfliche gute laune und humor manchen bittern anfall von hypochondrie wesentlich erleichtert. Er vermied es, irgend jemand, ausser Tom und mich, mit seinen missstimmungen zu behelligen, und bat uns oftmals um verzeihung; aber das aussprechen und erörtern derselben gab ihm erleichterung« [1]). Und selbst wenn er in einer seiner zahlreichen launen den brüdern offenbares unrecht that, verziehen sie ihm gern, denn sie wussten, dass er im grunde eine herzensgute, durchaus edelgesinnte natur war [2]).

Auch sonst erfreute er sich in der schule allgemeiner beliebtheit. Wir haben mehrere berichte seiner schulkameraden über **seinen charakter und seine persönlichkeit** in dieser zeit, und alle sind in dieser beziehung einig. »Er hatte ein lebhaftes, einnehmendes gesicht und war der liebling aller, besonders meiner mutter«; so schreibt der sohn seines lehrers und spätere langjährige freund des dichters, Charles Cowden Clarke. »Nicht zum wenigsten beliebt war er wegen seiner grossen kampflust, die, wenn erregt, eines der malerischsten schauspiele gewährte, die ich — ausserhalb des theaters — jemals sah . . . . . Als einst ein unterlehrer seinen bruder Tom wegen unverschämten benehmens geohrfeigt hatte, stürzte John auf ihn los, nahm die bekannte angriffsstellung ein und soll den lehrer geschlagen haben — der ihn sozusagen in die tasche stecken konnte. Seine leidenschaftlichkeit war zu zeiten beinahe unbezähmbar, und sein bruder George, der bedeutend grösser und stärker als er war, pflegte ihn häufig mit gewalt nieder zu halten und zu lachen, wenn John »eine seiner launen« hatte und ihn zu schlagen versuchte. Es war aber alles nur strohfeuer; denn er war von der grössten liebe für seine brüder beseelt und bewies dies unter den schwersten umständen. Er war nicht nur der liebling aller, wie ein beliebter preiskämpfer, wegen seines terrier-muthes, sondern seine hochherzigkeit, seine völlige freiheit von allen gemeinen motiven, seine

---

[1]) KW 4, 403.
[2]) KW 4, 413.

versöhnlichkeit, sein edelmuth gewannen ihm so sehr die zuneigung aller, dass ich niemals ein tadelndes wort über ihn von irgend jemand, sei es vorgesetzten, sei es kameraden, hörte unter denen, die ihn kannten«¹).

Ganz ähnlich äussert sich ein jüngerer kamerad, Edward Holmes, der später ein bekannter musikschriftsteller wurde, über ihn: »Keats hatte in seiner kindheit keinerlei vorliebe für bücher, sondern einen ausgesprochenen hang zum kämpfen. Er schlug sich mit jedem — morgens, mittags und abends, seinen bruder nicht ausgenommen. Es war speise und trank für ihn..... Er war ein knabe, von dem jeder wegen seiner ausserordentlichen lebhaftigkeit und persönlichen schönheit sich leicht denken konnte, dass er sich einmal hervorthun werde — aber vielmehr auf militärischem felde als in der litteratur..... Der geschmack hieran brach ziemlich plötzlich und unerwartet hervor..... Der edelmuth und die unerschrockenheit seines charakters nebst der ausserordentlichen schönheit und lebhaftigkeit seines gesichts machten, wie ich mich erinnere, eindruck auf mich, und da ich einige jahre jünger war als er, war ich genöthigt, um seine freundschaft zu werben; ich hatte auch erfolg darin, aber erst nachdem ich verschiedene schlachten geschlagen hatte. Diese ungestüme heftigkeit, diese kampflust und dieser edelmuth der gesinnung — unter leidenschaftlichem weinen oder unbändigem lachen, immer in extremen — werden dem leser zu einem richtigen bilde von Keats in seiner kindheit verhelfen. Verbunden mit einer ausserordentlichen schönheit der person und des gesichtsausdrucks, nahmen diese eigenschaften die knaben gefangen, und niemand war beliebter als er²).«

Es mag nicht unangebracht sein, auf diese angeborene kampflust und physische tapferkeit des jungen Keats nachdrücklich hinzuweisen, wenn man daran denkt, welches zerrbild Byron später der mit- und nachwelt von dem schwächlichen »Johnny Keats« entworfen hat. Ein mann, der schon als knabe einen so streitbaren, furchtlosen muth bewährte, wird sich nimmermehr durch eine gehässige kritik parteiischer scribenten die lebenslust und das selbstvertrauen ausblasen lassen und sich resignirt zu tode grämen.

---

¹) KW 4, 302; 304 f.
²) Aus den manuskripten im nachlasse Lord Houghton's; abgedruckt bei Colvin, Keats 8.

Eine gewisse freude an musik, von der wir auch in seinem späteren leben wiederholt beweise haben, giebt sich bereits in dieser Enfielder schulzeit kund. Cowden Clarke spielte manchmal nach dem abendessen, wenn alles zur ruhe war, noch auf dem klavier. Dann lag John Keats, wie er seinem freunde später erzählte, wachend auf seinem lager und lauschte. Eine erinnerung an diese abende im Enfielder schulhause war es, die ihm später in seinem »Eve of St. Agnes« bei der stelle vorschwebte, wo Porphyro auf die mitternächtliche musik in der halle unten horcht:

»The boisterous midnight festive clarion,
The kettle-drum and far-heard clarionet,
Affray his ears, though but in dying tone:
The hall door shuts again, and all the noise is gone¹).«

Aussergewöhnliche proben geistiger begabung zeigte Keats in den ersten jahren seiner schulzeit nicht, wie Cowden Clarke uns bezeugt. Doch war er immer ein tüchtiger, fleissiger schüler, der in allem, was er that, einen zielbewussten, ausdauernden willen an den tag legte. In den letzten drei semestern dagegen, d. h. in seinem vierzehnten und fünfzehnten lebensjahre, erwachte mit einem male in vorher ungekanntem grade die lust am studium in ihm. Fast die ganzen tage sass er jetzt hinter den büchern: des morgens war er schon vor dem beginn der ersten schulstunde (7 uhr) bei der arbeit; fast alle erholungspausen wurden mit arbeit ausgefüllt; selbst beim essen pflegte er ein buch bei sich zu haben; an den freien nachmittagen, wenn die andern knaben beim spiel waren, sass er — meist ganz allein — in der schule bei seiner lateinischen oder französischen übersetzung, und wenn ihn nicht einer der lehrer hin und wieder mit gewalt hinaus trieb, kam er überhaupt nicht an die frische luft. Kein wunder, dass er jetzt alle andern kameraden in kenntnissen und leistungen weit hinter sich liess und regelmässig den ersten preis für freiwillige arbeiten gewann. Er hatte unter anderem eine prosaübersetzung von Vergil's »Aeneis« begonnen, wovon bei seinem abgang von der schule bereits ein bedeutendes stück vollendet war²).

---

¹) Clarke, KW 4, 322 f. Vgl. auch die epistel an Clarke v. 109—14.
²) Clarke, KW 4, 303—6. — Einer dieser schulpreise, jetzt im besitz von J. G. Speed, war Kaufmann's »Dictionary of Merchandise«. Er erhielt ihn im jahre 1809. Vgl. Letters and Poems of John Keats, ed. Speed; New York 1883. II, p. XI.

Sein gedächtniss war ziemlich gut, die menge des von ihm gelesenen aber geradezu erstaunlich. Die schülerbibliothek scheint er in diesen letzten semestern vollkommen erschöpft zu haben. Er fand hier abgekürzte beschreibungen aller irgendwie bedeutenden reisen und seefahrten; Mavor's »Universalgeschichte«; Robertson's Geschichte Schottland's, Amerika's, Karl's des fünften; sämmtliche werke der bekannten Miss Edgeworth und zahlreiche andere jugendschriften. Ausserdem lieh er sich beständig noch weitere bücher von dem jungen Clarke, der uns in seinen erinnerungen erzählt, wie Keats beim abendessen im schulzimmer in dem foliobande von Burnet's »History of my Own Time« zu lesen pflegte, den er zwischen sich und dem tische hielt, während er darüber hinweg seine mahlzeit einnahm. »Dieses buch,« sagt Clarke, »und Leigh Hunt's Examiner — den mein vater hielt, und den ich Keats zu leihen pflegte — haben ohne zweifel den grund zu seiner bürgerlichen und religiösen freiheitsliebe gelegt. Er erzählte mir einst lächelnd: als einer seiner vormünder hörte, was für bücher ich ihm zum lesen gegeben hätte, da habe er erklärt, und wenn er fünfzig kinder hätte, er würde kein einziges von ihnen in diese schule schicken[1].«

Zwei weitere lieblingsbücher des jungen Keats waren Robinson Crusoe und Marmontel's »Incas von Peru«. Auch Shakespeare muss er gekannt haben; er äusserte wenigstens einem jüngeren kameraden gegenüber, niemand könne seiner meinung nach »Macbeth« allein im hause um zwei uhr nachts lesen[2].

Am allergierigsten aber verschlang er einige bücher über classische mythologie, die sich in der schülerbibliothek befanden, nämlich: Tooke's »Pantheon«, ein schales, langweiliges machwerk, Spence's berühmten »Polymetis«, aus dem auch Lessing schöpfte, vor allem aber Lemprière's »Classical Dictionary«, dessen inhalt er, wie Clarke sagt, geradezu auswendig zu lernen schien[3]. Dies waren die rüstkammern, aus denen

---

[1] KW 4, 306.
[2] Milnes, Life of J. K. 1848, p. 8.
[3] Später scheint Keats auch noch andere werke über mythologie studirt zu haben; wenigstens fand sich in seinem nachlass ein exemplar der »Auctores Mythographici Latini«, Lugd. Bat. 1742, 4°, mit seinem namen auf dem titelblatt (vgl. Houghton in der vorrede zu seiner ausgabe, Aldine Edition, 1892, p. XII). — Aus denselben drei büchern hat merkwürdigerweise auch Leigh Hunt zum grossen theil seine mythologischen kenntnisse geschöpft (vgl. Monkhouse, Life of L. Hunt, L. 1893, p. 34).

er sich seine mythologischen kenntnisse holte; denn von den classischen autoren selbst hat er verhältnissmässig nur wenige gelesen. Griechisch hat er nie gelernt (es stand mit ihm in diesem punkte also noch schlechter als mit Shakespeare und Schiller), und im Lateinischen ist er über Ovid[1]) und Vergil auch kaum hinausgekommen. Allerdings hat er Homer und jedenfalls auch andere classiker später in übersetzungen kennen gelernt. Wenn sich aber unter hunderten von mythologischen anspielungen in seinen werken nur zwei unbedeutende fehler nachweisen lassen[2]), so verdankt er diese genauen kenntnisse in erster linie seinem studium Lemprière's, dessen inhalt er thatsächlich zum grossen theil auswendig gelernt zu haben scheint, und von dem er später selbst ein exemplar in seinem besitz hatte[3]). Auf Lemprière lassen sich mit leichtigkeit die meisten seiner classischen anspielungen, selbst bis auf überraschende einzelheiten, zurückführen[4]). Gleichwohl ist es durchaus unberechtigt, wenn Byron Keats später vorwarf, er habe Lemprière versificirt. Von einer versification Lemprière's ist bei Keats noch viel weniger die rede, als man Shakespeare eine versification von North's Plutarch-übersetzung oder Holinshed's chronik vorwerfen kann. Wörtliche anklänge an Lemprière's text finden sich bei Keats äusserst wenige; die übereinstimmung beschränkt sich lediglich auf den stoff, und auch dieser ist immer aus den verschiedensten artikeln Lemprière's zusammengesucht und unter hinzunahme der kenntnisse, die er aus andern quellen geschöpft hatte, durchaus selbständig verarbeitet worden. Keats benutzte seine quellen nur als rüstkammern für den mythologischen stoff, nicht als grundlage für seinen poetischen text.

So wurde schon während seiner schulzeit neben dem naturgefühl auch **die bewunderung für das classische alterthum und besonders für die classische mythologie** in Keats erweckt, die später in seinen dichtungen mit dem naturgefühl so eng verknüpft erscheint. Seine eigenen anlagen wiesen

---

[1]) Ein folioband von Ovid's Metamorphosen war unter seinem nachlass. Er zeigt das autograph »John Keats, 1812« und befindet sich jetzt im besitz von Sir Charles Dilke.
[2]) Vgl. William T. Arnold in d. Preface zu seiner ausgabe (London 1888) p. XVIII.
[3]) Jetzt im besitz von Sir Charles Dilke und ausgestellt in der Chelsea Public Library, Manresa Road.
[4]) Ein paar solche übereinstimmungen führt Will. T. Arnold a. a. o. p. XVIII f. an.

ihn dahin. Er war kein philosophischer kopf wie Wordsworth und Shelley, denen die natur und ihr verhältniss zum menschen gegenstand philosophischer speculationen war: er betrachtete sie mehr mit der einbildungskraft des malers, des bildenden künstlers, und eben darum entsprachen die naturpersonificationen der griechischen mythologie in so hohem grade seinem eigenen naturell. Durch die bekanntschaft mit Chapman's Homer und den einfluss Haydon's ist dann später diese liebe zum classischen alterthum, die durch Vergil's Aeneis, durch Tooke, Spence und Lemprière ihren ersten impuls erhalten hatte, noch weiter vertieft und geklärt worden.

Inmitten dieser eifrigen studien der letzten Enfielder zeit traf ihn im alter von reichlich vierzehn jahren ein schwerer schlag. Seine mutter hatte schon länger an chronischem rheumatismus gelitten; schliesslich trat galoppirende schwindsucht hinzu, der sie im Februar 1810 erlag. John war untröstlich. Er hatte sie während ihrer krankheit mit äusserster hingebung gepflegt, wie er später in ähnlicher lage seinen bruder Tom pflegte. Ganze nächte sass er in einem armsessel an ihrem krankenlager und las ihr in ihren ruhigen augenblicken erzählungen vor; niemand durfte ihr medicin geben, ja niemand durfte für sie kochen als er selbst[1]). Und als sie trotz der sorgsamsten pflege endlich doch gestorben war, da kannte sein gram keine grenzen: er verkroch sich in eine ecke unter des lehrers pult und brütete dort in so leidenschaftlichem, andauerndem schmerz, dass es das lebhafteste mitgefühl aller erregte, die ihn sahen.

Grossmutter Jennings, damals 74 jahre alt, nahm sich ihrer verwaisten enkelkinder auf's liebevollste an. Im Juli 1810 stellte sie sie unter die obhut zweier vormünder, des kaufmanns Rowland Sandell und des theehändlers Richard Abbey in Pancras Lane, denen sie gleichzeitig den grössten theil des geldes, das ihr mann ihr hinterlassen hatte, urkundlich zur verwaltung für die kinder übertrug. Ihr gesammtes vermögen, einschliesslich aller durch früheres absterben anderer miterben ihr zugefallenen oder zu kommenden summen, betrug über £ 9300[2]) (d. i. etwa 190000 mark). Davon wies sie den vormündern ihrer enkel ungefähr £ 8000 = 160000 mark an, während sie den rest wohl für

---

[1]) Haydon, KW 4, 349.
[2]) Genau £ 9343. 2 s.

ihren eigenen unterhalt reservirte[1]). Aber die kinder hatten ausserdem ja noch die ihnen vom grossvater direct vermachten £ 1000 = 20000 mark, sowie das ihnen beim tode ihrer mutter zugefallene vermögen dieser. Es war also für ihre nächste zukunft jedenfalls in auskömmlicher weise gesorgt.

Für Keats' äusseren lebensgang waren die ereignisse des jahres 1810 gleichwohl von einschneidender bedeutung. Der anfang seiner Enfielder schulzeit war durch den jähen tod seines vaters getrübt worden: der tod seiner innigstgeliebten mutter bezeichnet das ende derselben.

3. Lehrzeit in Edmonton (1810—14).

Unter zustimmung seines mitvormundes Sandell, von dem wir nichts weiter hören, scheint Abbey von anfang an die aufsicht über die erziehung der kinder und die verwaltung ihres vermögens übernommen zu haben. Auf seine anordnung hin wurde John Keats im herbst 1810[2]), also im vollendeten fünfzehnten lebensjahre, aus der schule genommen, um von nun an für's praktische leben ausgebildet zu werden. Ein beruf war bald gefunden: er sollte arzt werden und wurde behufs aneignung der erforderlichen praktischen vorkenntnisse zu einem chirurgen Thomas Hammond in Edmonton auf fünf jahre in die lehre gethan. Ob bei dieser berufsbestimmung seine eigene neigung befragt wurde, wissen wir nicht. Bei der begeisterung für die classiker, die gerade damals seine ganze seele erfüllte, ist es kaum wahrscheinlich, dass die medicin ein beruf nach seinem herzen war. Aber war auch sein herz nicht ganz bei der sache, so fügte er sich doch, wie es scheint, willig in seine neue stellung. Cowden Clarke bezeugt ausdrücklich, Keats sei völlig zufrieden mit derselben gewesen; ja, er ist sogar der meinung, dass dies die ruhigste periode in dem sorgenreichen leben seines freundes gewesen sei; denn die arbeit, die er in dieser stellung zu ver-

---

[1]) Sie überlebte die einsetzung des vermächtnisses noch reichlich 4 jahre und starb im December 1814 im alter von 78 jahren. Auf dem kirchhof von St. Stephen's, Colman Street, zwischen der Bank of England und Guildhall, liegt sie begraben. — Auch über dieses vermächtniss der grossmutter Jennings und ihren tod verdanken wir die genaueren angaben den bemühungen Sidney Colvin's (Colvin, Keats II, 222 f.).

[2]) Eine unzweifelhafte grundlage für diese datirung haben wir nicht. Sie hat nur die grösste wahrscheinlichkeit für sich.

richten hatte, war nichts weniger als mühsam, und in seinen ziemlich zahlreichen mussestunden konnte er ganz nach eigenem belieben seinen litterarischen neigungen nachgehen. Er setzte sein studium mit unvermindertem eifer fort und vollendete hier seine übertragung der »Aeneis« [1]).

Von besonderem werthe aber war es für ihn, dass er die verbindung mit dem lieb gewonnenen schulhause in Enfield und vor allem mit dem jungen Cowden Clarke auch in Edmonton aufrecht erhalten konnte. Von der wohnung seines principals in Church Street bis nach der schule in Enfield waren es genau zwei englische meilen. Bei dieser geringen entfernung kam er, sobald er sich frei machen konnte, aber mindestens einmal wöchentlich, nach Enfield herüber. Und hier genossen dann die beiden freunde stunden des anregendsten gedankenaustausches. Cowden Clarke (1787—1877) war acht jahre älter als Keats. Auf der schule hatte dieser darum in ihm naturgemäss mehr den wohlwollenden lehrer und liebenswürdigen berather geschätzt; jetzt dagegen, nachdem Keats selbst die kinderschuhe ausgezogen hatte, reifte ihr verhältniss zu einer innigen freundschaft heran, wobei Keats bald nicht mehr allein der empfangende theil war. In Clarke, der sich später selbst durch seine arbeiten über Shakespeare und zahlreiche andere feinsinnige abhandlungen einen wohlverdienten namen als litterat erworben hat, war ihm ein freund gegeben, der mit allen seinen hohen idealen, mit allen seinen poetischen neigungen und bestrebungen verständnissvoll sympathisirte.

Da wandelten die beiden durch die schattigen laubgänge des gartens, die auf die offenen felder hinausführten, und ergingen sich in anregendem gespräch; und wenn der abend sich herabsenkte, so zogen sie sich in Clarke's studirzimmer zurück und setzten hier die unterhaltung bis in die nacht hinein fort, oder Clarke spielte dem freunde auf dem klavier vor: Mozart, Arne[2]), Händel und die irischen nationallieder. Und wenn dann Keats den heimweg nach Edmonton antreten musste, so begleitete ihn der freund die hälfte des weges, und es dauerte lange, bis sie sich endlich trennten. Keats hat uns später in der epistel an Cowden Clarke ein lebensvolles bild dieser schönen stunden entworfen, an die er damals sehnsuchtsvoll zurückdachte:

---

[1]) Clarke: KW 4, 306.
[2]) Thomas Augustine Arne (1710—78), englischer componist, verfasste zahlreiche ernste und komische opern und mehrere oratorien.

»But many days have past since last my heart
Was warm'd luxuriously by divine Mozart;
By Arne delighted, or by Handel madden'd;
Or by the song of Erin pierc'd and sadden'd:
What time you were before the music sitting,
And the rich notes to each sensation fitting.
Since I have walk'd with you through shady lanes
That freshly terminate in open plains,
And revel'd in a chat that ceased not
When at night-fall among your books we got:
No, nor when supper came, nor after that, —
Nor when reluctantly I took my hat;
No, nor till cordially you shook my hand
Mid-way between our homes: — your accents bland
Still sounded in my ears, when I no more
Could hear your footsteps touch the grav'ly floor.
Sometimes I lost them, and then found again;
You chang'd the footpath for the grassy plain.«

(vv. 109—26; vgl. u. s. 260).

Am liebsten aber sassen die beiden an schönen nachmittagen mit einander in der laube am fernen ende des gartens und lasen sich gegenseitig aus England's dichtern vor oder tauschten ihre gedanken darüber aus. In dieser »geheiligten alten laube« machte Clarke den freund eines nachmittags zum ersten male mit Spenser bekannt. Es war das »Epithalamion«, das er ihm vorlas. Die schönheit der composition im allgemeinen und die leidenschaft, die an verschiedenen stellen durchbricht, machten einen tiefen eindruck auf Keats: sein gesichtsausdruck und seine ausrufe waren geradezu ekstatisch. Am abend nahm er den ersten band der »Faerie Queene« mit und erging sich in dieser feenlandschaft, nach Clarke's vortrefflichem ausdruck, »gleich einem jungen füllen, das sich auf einer frühlingsgrünen wiese tummelt«. Die prächtige sprache, die glänzenden gestalten der ritter und edelfräulein, die abenteuer und kämpfe, die ganze märchenhafte scenerie dieses meisterwerkes elisabethanischer romantik nahmen seine jugendliche phantasie ebenso vollkommen gefangen, wie sie andere jugendfrische gemüther, und nicht bloss angehende dichter, zu begeisterung hingerissen haben. Es ist aber interessant zu sehen, wie der künftige dichter des »Hyperion« und »Eve of St. Agnes« sich hier bereits ankündigt in der bewundernden freude an besonders glücklichen und ausdrucksvollen poetischen beiwörtern, durch die sich ja gerade Spenser so auszeichnet. »Er warf sich in die brust,« schreibt Clarke, »und sah würdevoll und gebieterisch aus, als er sagte: 'Was für ein bild das ist — *sea-shouldering whales!*'«

Jener tag, an dem er durch Clarke zuerst mit Spenser bekannt wurde, war ein wichtiger tag in seinem leben; denn Spenser war es, der Keats' eigenen poetischen genius anregte; und Spenser ist mehr oder weniger sein ganzes leben lang sein poetischer meister gewesen. Charles Brown, der in späterer zeit lange der intimste freund unseres dichters war, bemerkt ausdrücklich, dass die »Faerie Queene« diesem die erste inspiration zu eigenem poetischem schaffen gegeben habe. Bis zum vollendeten achtzehnten lebensjahre, d. h. bis zum herbst 1813, habe er keinerlei bewusstsein seines poetischen berufes gehabt. »Die 'Faerie Queene' war es, die sein genie erweckte. In Spenser's feenlandschaft war er bezaubert, athmete er wie in einer neuen welt und wurde er ein anderes wesen, bis er, in die stanze verliebt, sie mit erfolg nachzuahmen versuchte. Diesen bericht von der plötzlichen entwicklung seiner poetischen fähigkeiten empfing ich zuerst von seinen brüdern und hinterher auch von ihm selbst. Dieser sein frühester versuch, die 'Imitation of Spenser', findet sich in seinem ersten band gedichte und ist für diejenigen, die mit seinen geschichte bekannt sind, von besonderem interesse'').«

Nach Brown's angabe dürfen wir also diesen frühesten dichterischen versuch in den herbst 1813 versetzen, als Keats eben das achtzehnte lebensjahr vollendet hatte[2]). Das gedicht besteht aus vier stanzen und ist als ein fragment aus einem grösseren epos gedacht. Der inhalt ist folgender:

Nun erhob sich Aurora von ihrer ruhestätte im osten, und ihre ersten fusstritte berührten einen grünenden hügel, krönten seinen rasenbedeckten kamm mit gelblichem feuer und übergossen die unbefleckten fluthen seines baches mit silberschein. Der bach, der rein aus der moosdecke hervor quoll, eilte durch blumige triften abwärts und füllte in viel verzweigtem laufe einen kleinen see, der ringsum an seinem rande dichte laubgänge widerspiegelte und in seiner mitte einen ewig ungetrübten himmel.

Dort sah der königsfischer sein leuchtendes gefieder, wetteifernd mit buntfarbigen fischen in der tiefe, deren seidenweiche flossen und goldene schuppen

---

[1]) Aus den memoiren Brown's in Lord Houghton's nachlass.
[2]) Clarke (KW 4, 307) sagt freilich, zu der zeit, wo er ihn mit Spenser bekannt machte, sei Keats vielleicht 16 jahre alt gewesen (»he may have been sixteen years old«). Aber da diese angabe an sich schon unsicher ist und Clarke, wie er selbst gesteht, ein ziemlich schlechtes gedächtniss für daten hatte, so dürfen wir unbedenklich Brown's mittheilung, die auf das zeugniss des dichters selbst und seiner brüder zurückgeht, den vorzug geben.

mit ihrem glanz eine purpurne gluth durch die wogen aufwärts warfen; dort sah der schwan seines halses schneeigen bogen und ruderte mit majestät dahin; es funkelten seine glänzend schwarzen augen; seine füsse leuchteten unter den fluthen wie Afrika's ebenholz, und auf seinem rücken lehnte üppig eine fee.

O, könnte ich die wunder einer insel berichten, die in diesem schönen see gelegen war, so könnte ich selbst Dido über ihren kummer hinweg täuschen oder dem greisen Lear sein bitteres weh benehmen; denn wahrlich, ein solch herrlicher ort ward nie gesehen unter allem, was je ein romantisches auge entzückte: er war wie ein smaragd in dem silberglanz der leuchtenden wasser, und wie wenn am firmamente durch wolken von flockigem weiss der tiefblaue himmel lacht.

Und rings im umkreis tauchten üppig grüne abhänge in die schimmernde fluth, die gleichsam in sanfter freundschaft entzückt an dem blumigen ufer emporplätscherte, als ob sie die rosigen thränen zu sammeln sich mühte, die in reichlicher menge von dem rosenbusch fielen! Vielleicht war's auch der ausfluss ihres stolzes, der sie streben liess, eine perle an's gestade zu werfen, die alle knospen in Flora's diadem überträfe.

Man wird schon aus dieser übertragung ersehen, dass das gedicht durchaus nicht so ganz unbedeutend ist. Es bietet allerdings nichts epochemachendes, originelles, nichts, was die spätere grösse des dichters hätte ahnen lassen; aber es ist sicherlich besser als viele andere erstlingsdichtungen.

Wir haben hier bereits einige hauptcharakterzüge der späteren Keats'schen muse: keine handlung, keine leidenschaft, nichts erhabenes und pathetisches; aber dafür eine reine, keusche freude an der sinnlichen schönheit der welt, fein ausgearbeitete einzelschilderungen mit einer vorliebe für das stillleben, für die anmuthigen, friedlichen seiten der natur. Aber, wie bei Spenser, ist es nicht die wirkliche natur, die er uns schildert, sondern eine romantische märchenlandschaft mit feen und zauberinseln, leuchtend in lauter sonnenschein und farbenglanz.

In übereinstimmung damit ist die sprache bilderreich, beinahe überhäuft mit prägnanten beiwörtern und poetischen vergleichen, wie wir es später in 'Endymion' und den meisten Keats'schen gedichten wieder treffen. Der ausdruck ist correct; es findet sich noch wenig von jenen archaisirenden excentricitäten, durch welche die späteren werke von Keats zum theil entstellt sind. Der einzige veraltete ausdruck ist das wort 'teen, kummer, weh, leid' (v. 22 *rob from aged Lear his bitter teen*), den er jedenfalls aus Spenser übernommen hat[1]).

---

[1]) Vgl. Spenser, FQ 1, 9, 34 *dread and dolefull teene*. — 1, 12, 18 *teene*. — 2, 1, 58 *dolefull tene* u. ö.

Das versmaass ist die Spenser-stanze, die er verhältnissmässig nicht ungeschickt handhabt, wenn sich auch noch manche härten finden. Die cäsur, die reime, die silbenmessung sind im allgemeinen wie bei Spenser, aber silbenverschleifung erlaubt er sich häufiger als dieser und zum theil in ziemlich unschöner weise, z. b. v. 4 *silvering the untainted gushes of its rill*, wo zwei verschleifungen und ausserdem eine taktumstellung zusammentreffen. Die Spenser-stanze war seit den tagen ihres erfinders wiederholt verwendet worden, und Forman wie auch Colvin sprechen die ansicht aus, dass Keats in der »Imitation of Spenser« weniger Spenser selbst, als vielmehr jüngere dichter, wie Shenstone, Thomson, Beattie und Mrs. Tighe, die in demselben versmaas dichteten, nachgeahmt habe [1]). In seinen übrigen jugenddichtungen tritt allerdings der einfluss der litteratur des 18. jahrhunderts vielfach unverkennbar zu tage; aber aus den vier stanzen der »Imitation of Spenser« dasselbe entnehmen zu wollen, scheint doch etwas subjectiv geurtheilt; sie können ebenso gut von Spenser direct wie von seinen nachfolgern beeinflusst sein.

Spenser hat jedenfalls von allen englischen dichtern den tiefgehendsten und dauerndsten einfluss auf Keats ausgeübt, das ist gar keine frage. Zeitweise sind wohl auch Leigh Hunt und besonders Milton seine poetischen meister und vorbilder gewesen; aber die einwirkung Hunt's beschränkt sich auf die früheste, diejenige Milton's auf die letzte periode seiner dichterischen laufbahn; Spenser's eindrucksvolle spuren dagegen lassen sich durch alle seine schöpfungen hindurch verfolgen, von der »Imitation of Spenser« und von »Endymion« an bis zum »Eve of St. Agnes«, wo er noch einmal auf die Spenser-stanze zurückgreift [2]). —

Mittlerweile ging in seinem äusseren leben eine veränderung vor sich. Je stärker seine liebe zur poesie wurde, desto weniger scheint ihm seine stellung bei dem chirurgen Hammond zugesagt zu haben. Es kam zu einer ernstlichen auseinandersetzung und zum bruch zwischen beiden. In einem der langen tagebuch-briefe, die Keats in späteren jahren an seinen bruder George in Amerika schrieb, findet sich unterm 21. September 1819 die stelle: »Our bodies every seven years are completely material'd. Seven years ago it was not this hand that clinched itself against

---

[1]) Forman in d. vorrede zu s. ausg. I, p. XIX. — Colvin, Keats p. 21.
[2]) Vgl. auch Will. T. Arnold in der vorrede zu s. ausg. p. XXIII.

Hammond ¹).« Was die veranlassung zu diesem streit gegeben hat, wissen wir nicht. Das resultat war jedenfalls, dass Hammond den kampflustigen lehrling noch vor ablauf der vertragsmässigen fünf jahre entliess, wahrscheinlich im spätjahr 1814. Da er dabei anscheinend auf alle entschädigungsansprüche verzichtete, dürfen wir schliessen, dass Keats sich nichts ernsteres hatte zu schulden kommen lassen, sondern dass es sich mehr um persönliche differenzen handelte, die beiden theilen eine lösung des verhältnisses als wünschenswerth erscheinen liessen. Man wird hierbei unwillkürlich an die originelle art und weise erinnert, wie Chatterton, der von Keats sehr verehrte, unglückliche wunderknabe von Bristol, sich in ähnlicher lage von seinen unangenehmen schreiberdiensten loszumachen wusste, um nach London zu gehen und der litterarischen thätigkeit zu leben. Auch Keats ging nach London, zunächst allerdings in der absicht, medicin zu studiren.

4. Medicinische studienzeit in London (1814 bis Juli 1816).

Keats war 19 jahre alt, als er sich im herbst 1814 ²) als student der medicin in St. Thomas' und Guy's Hospitals

---

¹) Das ist der authentische wortlaut dieser viel besprochenen stelle. Es kann danach kein zweifel mehr sein, dass Keats hier von einem drohenden ballen der faust gegen seinen damaligen principal, nicht aber von einem freundschaftlichen händedruck redet. Lord Houghton, dem nur eine sehr ungenaue abschrift des damals in Amerika befindlichen originals zu gebote stand, hatte in der 1. Auflage seines Life and Letters (1848) den satz in verstümmelter form so gedruckt: »Mine is not the same hand I clenched at Hammond«; und in der 2. auflage (1867) ersetzte er die worte »at Hammond« durch »at Hammond's«, womit der sinn der stelle vollkommen umgekehrt war. W. M. Rossetti in seiner Keats-biographie p. 18, anm. 1, schliesst sich dieser liebenswürdigen auffassung Lord Houghton's an, indem er für »against Hammond«, das Forman nach einem erneuten abdruck des buches in der New Yorker »World« in seine gesammtausgabe von 1883 aufgenommen hatte (KW 4, 27), »against Hammond's« conjicirt. Die einzig authentische fassung der stelle ist die obige, wie sie Sidney Colvin, in dessen hand diese tagebuchbriefe gegenwärtig sind, in seiner zusgabe der briefe bietet (Letters of Keats, ed. Colvin, p. 309. London, Macmillan, 1891). Dadurch wird die sache definitiv in dem oben geschilderten sinne entschieden. Doch macht Rossetti mit recht darauf aufmerksam, dass nach dem genauen wortlaut der bruch dann schon in's jahr 1812 fallen würde.

²) Der zeitpunkt seines eintritts in die klinik lässt sich ebenso wenig mit absoluter sicherheit feststellen, wie das datum seines bruches mit Hammond. Aber die grösste wahrscheinlichkeit spricht für den herbst 1814. Auf jeden fall hat er das wintersemester 1814—15 schon in London verlebt; denn bei der freilassung Leigh Hunt's am 2 Februar 1815 trifft Clarke ihn bereits dort. Möglich wäre es aber, dass er schon von dem herbst 1814 die stellung bei Hammond aufgegeben hatte.

einschreiben liess, die damals zu unterrichtszwecken vereinigt waren. Während des winterhalbjahrs 1814—15 bewohnte er ein zimmer für sich allein im hause 8 Dean Street, Borough, nahe bei der klinik¹). In einem briefe an Cowden Clarke beschreibt er die lage seiner wohnung folgendermaassen: »Obwohl die Borough ein abscheulicher fleck ist wegen des schmutzes und der winkligen gassen, so ist doch no. 8, Dean Street, nicht schwer zu finden; und wenn du spiessruthen über London Bridge laufen, in die erste strasse rechts einbiegen und obendrein an meine thür klopfen wolltest, die ungefähr einem bethause gegenüber liegt, so würdest du mir einen liebesdienst erweisen²).«

Der drang zum dichten, der in der letzten zeit zu Edmonton in Keats erwacht war, fuhr auch in London fort, sich zu bethätigen. Eine anzahl kleinerer gedichte sind in diesem winter oder im folgenden sommer entstanden. Die genaue datirung dieser erzeugnisse ist meist ebenso schwierig wie ihr poetischer werth gering.

Vielleicht noch der Edmontoner zeit gehören die beiden strophen »On Death«³) an, die nach George Keats' angabe im jahre 1814 gedichtet sind. Die eingangsverse sind ganz entsprechend:

»Can death be sleep, when life is but a dream,
And scenes of bliss pass as a phantom by?«

Aber der reiz liegt mehr in den worten und dem allgemeinen bilde, als in den gedanken, die in diesen wie in den übrigen versen weder tief noch ganz klar sind. Poetischen werth hat das gedicht nicht; es ist höchstens interessant wegen des nachdenklichen zuges, der hindurchgeht.

Keats stand damals offenbar etwas unter dem einfluss von Byron's weltschmerz-poesie. Dafür zeugt auch ein sonett »To Byron«⁴), das nach Houghton's angabe aus dem December 1814 stammt und die »traurig-süsse melodie«, »*The enchanting*

---

¹) Clarke sagt an der gleich zu citirenden stelle, dies sei Keats' erste adresse nach seiner ankunft in London gewesen.
²) Clarke: KW 4, 309. — Die wohnung ist heute durch den eisenbahnviaduct völlig hinweggefegt. Es sind überhaupt nur noch ein paar häuser in Dean Street stehen geblieben, die von 199 Tooley Street, bei Hay's Lane, unter dem eisenbahntunnel durch nach Thomas Street zuläuft (vgl. Hutton, Literary Landmarks of London. 1892, p. 179).
3) Zuerst von Forman 1883 gedruckt: KW 2, 201.
4) Zuerst veröffentlicht von Milnes, Life, Letters etc. (1848) I, 13. Neuerdings wieder von Forman: KW 2, 202.

tale, the tale of pleasing woe«, des »sterbenden schwanes« in etwas primanerhaft unreifer weise verhimmelt.

Gelungener ist ein anderes sonett, »To Chatterton«¹), das mit dem vorigen äusserlich viel ähnlichkeit hat und wohl aus der gleichen zeit stammen dürfte. Man vergleiche nur die anfangszeilen:

»Byron! how sweetly sad thy melody!«
»O Chatterton! how very sad thy fate!«

Für Chatterton hat Keats, wie schon erwähnt, immer eine grosse verehrung gehegt. Wie er in dem vorliegenden sonett von ihm sagt: »*Thou art among the stars of highest Heaven*«, so lässt er in der Epistle to G. F. Mathew (Nov. 1815) den genialen knaben im himmel von Shakespeare empfangen werden; er widmet seinem andenken den »Endymion« (1818); ja, er nennt ihn geradezu »the purest writer in the English language« (1819)²).

Neben Byron hatte unter den zeitgenössischen dichtern jedenfalls schon seit längerer zeit ein mann sein interesse erregt, der damals gerade als politischer märtyrer die allgemeine sympathie auf sich lenkte: Leigh Hunt. Keats hat sich nie viel um politik gekümmert; sogar die grossen zeitereignisse, die Byron, Wordsworth und so viele der zeitgenössischen dichter zu poetischen ergüssen begeisterten, scheinen ziemlich spurlos an ihm vorübergegangen zu sein; wenigstens haben sie in seinen werken keinen dichterischen wiederhall gefunden. Seine muse hatte weniger sinn für die grossen thaten der menschen und die geschehnisse der weltgeschichte als für die schönheiten der natur. Keats ist am ausschliesslichsten von allen englischen dichtern ein blosser prophet der schönheit gewesen. Wenn er sich aber gelegentlich einmal auf politisches gebiet begiebt, so ist es die idee der bürgerlichen und politischen freiheit, die ihn begeistert. Die begeisterung für freiheit hatte er, wie wir gesehen haben, schon in der schule zu Enfield aus Leigh Hunts »Examiner« und anderen schriften eingesogen; die begeisterung für freiheit giebt ihm später das sonett an Kosciusko ein; sie ist es auch, die ihn an dem schicksal eben jenes Leigh Hunt, den er damals bereits nicht nur als politiker, sondern auch als dichter schätzte, den regsten antheil nehmen liess.

---

¹) KW 2, 203. Ebenfalls zuerst von Milnes veröffentlicht.
²) In einem briefe an J. H. Reynolds vom 22. September 1819: KW 3, 329.

Im jahre 1812 waren die brüder John und Leigh Hunt wegen beleidigung des prinzregenten durch einen artikel in ihrem »Examiner« zu je 500 pfund (= 10000 mark) geldstrafe und zweijähriger kerkerhaft verurtheilt worden, die sie in zwei verschiedenen gefängnissen vom 3. Februar 1813 bis zum 2. Februar 1815 absassen[1]. Leigh Hunt, der im Surrey Jail in Horsemonger Lane untergebracht war, empfing, nachdem die anfänglich sehr strenge haft in folge der fürsprache einflussreicher freunde gemildert worden, täglich zahlreiche freunde. Alle männer von liberaler gesinnung und vor allem die schriftsteller und dichter machten ihm im gefängniss ihre aufwartung. Unter diesen befand sich auch Charles Cowden Clarke, dessen vater ja schon ein treuer abonnent des »Examiner« war. Die beiden männer hatten sich vorher nicht persönlich gekannt, wurden aber bald eng befreundet, und allwöchentlich wanderten jetzt körbe mit obst, eiern und andern ländlichen erzeugnissen aus dem Enfielder schulhause nach dem gefängniss in Horsemonger Lane[2]).

Kurz nach der freilassung Leigh Hunt's am 2. Februar 1815 kam Cowden Clarke nach London, um den befreiten aufzusuchen. Auf dem rückwege traf er Keats, der ihn eine strecke wegs begleitete. Als sie bei dem letzten schlagbaum angelangt waren und abschied nahmen, überreichte Keats ihm das sonett: »Written on the Day that Mr. Leigh Hunt left Prison«. Es war die erste probe seiner dichterischen thätigkeit, die er dem freunde gab. »Und wie deutlich,« sagt dieser, »erinnere ich mich des ausdrucksvollen blicks und des zögerns, mit dem er es mir anbot! Es giebt flüchtige blicke geliebter freunde, die nur mit dem leben selbst schwinden[3].«

---

[1]) Als tag der freilassung wird bald der 2., bald der 3. Februar angegeben. Hunt's sohn, Thornton Hunt, in seiner ausgabe der »Correspondence of Leigh Hunt«, London 1862, 1, 99, nennt den 3. Februar. Gleichwohl war es der 2. Wir haben dafür das zeugniss des freigelassenen selbst. In dem 'Examiner' für sonntag, den 5. Februar 1815, findet sich auf der ersten seite ein artikel »The Departure of the Proprietors of this Paper from Prison«, der folgendermaassen beginnt: »The two years' imprisonment inflicted on the Proprietors of this Paper for differing with the Morning Post on the merits of the Prince Regent, expired on Thursday last; and on that day accordingly we quitted our respective Jails.« Es ist undenkbar, dass die herausgeber sich damals schon in dem tage geirrt haben könnten. Wir werden also den 2. Februar 1815 als das richtige datum der freilassung anzusetzen haben.

[2]) Vgl. hierüber Monkhouse, Life of Leigh Hunt (Great Writers), London 1893, p. 86 ff.

[3]) Clarke: KW 4, 308.

Der inhalt des sonetts ist kurz folgender:

Obwohl für verkündigung der wahrheit eingekerkert, hat Hunt's unsterblicher geist doch längst die gefängnissmauern durchbrochen und ist in Spenser's hallen und schönen lauben umhergestreift, um zauberblumen zu pflücken; er ist mit Milton durch die gefilde der luft geflogen, und sein genius hat sich frei in sein eigenes reich geschwungen. Sein ruhm wird leben, wenn er, der ihn in's gefängniss geworfen, und sein boshafter anhang längst todt ist.

Das gedicht ist als poetische leistung noch ziemlich schwach und unreif, besonders die verse:

>»Minion of grandeur! think you he did wait?
>Think you he nought but prison walls did see,
>Till, so unwilling, thou unturn'dst the key?«

mit ihrem wechsel von *you* und *thou* und dem unbeholfenen »*think you he did wait?*«, dem die reimnoth auf der stirne geschrieben steht[1]). Schöner sind die folgenden verse, in denen Spenser's und Milton's poesie mit wenigen worten nicht ungeschickt charakterisirt wird:

>»In Spenser's halls he stray'd, and bowers fair,
>Culling enchanted flowers; and he flew
>With daring Milton through the fields of air.«

Aber das ganze kommt der »Imitation of Spenser«, d. h. der erstlingsleistung des dichters, nicht gleich, und er hätte besser gethan, wenn er es in den band von 1817 nicht aufgenommen oder durch das sonett an Chatterton ersetzt hätte.

Auch aus einem anderen grunde wäre dies rathsam gewesen. Gerade dieses sonett dürfte es gewesen sein, das die wuth des Christopher North und der Tories gegen Keats heraufbeschwor und später zu jenen boshaften kritiken in Blackwood's Magazine und der Quarterly Review veranlassung gab. Durch die art, wie Keats hier von dem prinzregenten und seinem ganzen »*wretched crew*« spricht, und durch die lobpreisung jenes schmähartikels im »Examiner« als »*showing truth to flatter'd state*« hatte er sich in ihren augen mit Leigh Hunt identificirt, und das musste er bitter entgelten.

---

[1]) »*Minion of grandeur*« ist übrigens vielleicht eine reminiscenz aus Byron, Ch. Har. II, 26, 5: *minions of splendour* — wenngleich ausdrücke wie *Fortune's minion*, *Valour's minion* u. ä. auch schon bei Shakespeare vorkommen.

In demselben monat, February 1815, entstanden ein paar weitere dichtungen, die schon einen entschiedenen fortschritt bekunden. In der Ode to Apollo[1]) werden uns die grossen dichter der weltlitteratur: Homer, Vergil, Milton, Shakespeare, Spenser und Tasso, vorgeführt, wie sie in Apoll's festsaale versammelt sind und nach einander jeder in der ihm eigenthümlichen weise ihr lied ertönen lassen, bis zum schluss Apollo und die neun musen sich mit ihnen in mächtigem chorgesang vereinen, so dass die menschen auf erden lauschen. Das gedicht hat unzweifelhafte schönheiten, und die charakterisirung der einzelnen dichter ist zum theil recht gut gelungen, z. b. die wirkung von Milton's gesang:

>'Tis awful silence then again;
> Expectant stand the spheres;
> Breathless the laurell'd peers,
> Nor move, till ends the lofty strain,
> Nor move, till Milton's tuneful thunders cease,
> And leave once more the ravish'd heavens in peace.«

Etwa gleichzeitig mit dieser ode muss der »Hymn to Apollo«[2]) entstanden sein, der mit der ode inhaltlich verwandt und wie diese in ziemlich freien odenstrophen abgefasst ist. Nachdem er in dem vorigen liede die grossen dichterheroen vor Apoll hatte singen lassen, ruft der junge dichter in diesem hymnus seinerseits den gott an und fragt in demuthvoller zerknirschung, warum er ihm nicht gezürnt, warum er ihn nicht dem unwillen des donnerers überlassen und dem untergange geweiht habe, als er, der grüne dichterling, sich erdreistete, den lorbeer des gottes um seine schläfen zu winden.

>»The Pleiades were up,
> Watching the silent air;
> The seeds and roots in the Earth
> Were swelling for summer fare;
> The Ocean, its neighbour,
> Was at its old labour,
> When, who — who did dare
> To tie, like a madman, thy plant round his brow,
> And grin and look proudly,
> And blaspheme so loudly,
> And live for that honour, to stoop to thee now?
> O Delphic Apollo!«

---

[1]) Erst nach des dichters tode von Milnes gedruckt. Neuerdings von Forman: KW 2, 205—7. Milnes giebt als datum der entstehung Februar 1815.
[2]) KW 2, 208 f. Auch zuerst bei Milnes gedruckt, direct hinter dem vorigen, aber ohne datirung.

Das gedicht ist nicht ohne schönheiten in sprache und form, aber der erhabene hymnenton passt wenig zu dem etwas jämmerlichen inhalt und wird ausserdem entstellt durch vulgarismen wie »*When like a blank idiot I put on thy wreath*« oder »*And grin and look proudly*«; dadurch erinnert das ganze bedenklich an den berühmten choral: »Ich bin ein wahres rabenaas, Ein rechter sündenknüppel« u. s. w. aus dem sagenhaften rationalistischen gesangbuch. Immerhin hat es ein gewisses biographisches interesse, insofern es zeigt, wie damals doch das bewusstsein seines poetischen berufes immer lebhafter in Keats erwachte, wenn er auch manchmal noch zweifelte, ob er je ein grosser dichter werden könne.

Alle gedichte dieser periode stehen deutlich unter dem einfluss der poetischen litteratur des 18. jahrhunderts. Am meisten aber tritt dieser einfluss in der apostrophe an die hoffnung, To Hope, zu tage, die gleichfalls aus dem Februar 1815 stammt[1]). Dieselbe strotzt förmlich von personificirten abstracten, wie *sweet Hope, bright-eyed Hope, sad Despondency, that fiend Despondence, fair Cheerfulness, Disappointment parent of Despair, great Liberty*. Aehnliche abstractionen finden sich in andern dichtungen aus dieser zeit, z. b. *soft Pity* in dem sonett an Byron, *base Detraction* in dem an Chatterton. Sie verleihen einem gedicht immer einen lehrhaft-langweiligen anstrich. Doch finden sich in den versen auf die hoffnung einige stellen von unzweifelhaftem poetischen werth, die den fortschritt des dichters deutlich erkennen lassen, z. b. die zeilen 3—4:

»When no fair dreams before my 'mind's eye' flit,
And the bare beath of life presents no bloom.«

Und das schöne bild in der letzten strophe:

»And as, in sparkling majesty, a star
    Gilds the bright summit of some gloomy cloud;
Brightening the half veil'd face of heaven afar:..
    So, when dark thoughts my boding spirit shroud,
        Sweet Hope, celestial influence round me shed,
        Waving thy silver pinions o'er my head.«

Aus dieser probe ist auch das versmaass klar ersichtlich. Es sind strophen von 6 jambischen fünftaktern mit der reimstellung ab ab cc. Die reime sind durchweg stumpf, ausser v. 20 : 22

---

[1]) In diesem falle steht die datirung absolut fest, denn in der originalausgabe von 1817 findet sich unter dem gedicht der vermerk: »February, 1815«.

sorrow : borrow. Diese strophenform ist seit Sidney sehr häufig angewandt worden. Keats hat sie wohl von Spenser entlehnt, der sie an verschiedenen stellen von Shepheard's Calendar, in Teares of the Muses, in Astrophel und in Clorinda verwendet. —

Im frühjahr 1815 kam auch Cowden Clarke nach London und quartirte sich zunächst bei einem schwager in Clerkenwell ein [1]). Es dauerte nicht lange, so hatte Keats seinen aufenthaltsort ausfindig gemacht. Er forderte den freund auf, ihn zu besuchen, und beschrieb in dem schon citirten briefe den weg nach seiner wohnung in Dean Street [2]). Clarke antwortete mit einer einladung nach Clerkenwell; und nun ging der alte freundschaftliche verkehr und gedankenaustausch von neuem los. Wenn die beiden zusammen waren, kamen sie selten vor mitternacht auseinander, und oft genug wurde bis in den morgen hinein gelesen oder discutirt. Eins der ersten bücher, die sie hier in angriff nahmen, war Chapman's Homerübersetzung, die Clarke in einer prächtigen folio-ausgabe von einem freunde geliehen worden war. Sie schlugen die berühmtesten stellen auf, die ihnen aus Pope's übersetzung bekannt waren, und ihr entzücken wuchs beständig. Es war ein denkwürdiger abend für beide, an dem ihnen zuerst das verständniss für die ganze grösse Homer's aufging. Erst bei tagesgrauen trennten sie sich, und Keats hatte noch den zwei meilen weiten weg bis zur Borough zu machen. Als Clarke am folgenden morgen gegen zehn zum frühstück herunter kam, fand er zu seiner überraschung auf dem tische bereits einen brief von Keats; er enthielt das berühmte sonett:

On first looking into Chapman's Homer [3]).
(1815.)
Much have I travell'd in the realms of gold,
  And many goodly states and kingdoms seen;

---

[1]) Vgl. hierfür und für das folgende Clarke: KW 4, 309.
[2]) Der brief ist wichtig für die datirung sowohl der übersiedelung Clarke's nach London wie der entstehung des Chapman-sonetts. Da Clarke zur zeit der freilassung Hunt's am 2. Februar 1815 noch in Enfield ansässig war; da er andererseits bei seiner übersiedelung nach London Keats noch in Dean Street wohnhaft fand; und da ferner Keats diese wohnung nachweislich im sommer 1815 aufgab, so muss Clarke im frühjahr 1815 nach London gekommen sein.
[3]) Eine genaue datirung ist nicht möglich. Aber da Clarke ausdrücklich bemerkt, dass dieser abend unmittelbar auf jenen brief von Keats mit der einladung in seine wohnung in Dean Street und auf die antwort Clarke's mit der einladung nach Clerkenwell folgte, so kann das sonett fast nur im frühjahr oder sommer 1815 entstanden sein. Andere erwägungen freilich scheinen wieder für eine spätere entstehung zu sprechen. Die sache bedarf noch einer genaueren feststellung.

> Round many western[1]) islands have I been
> Which bards in fealty to Apollo hold.
> Oft of one wide expanse had I been told
> That deep-brow'd Homer rul'd as his demesne;
> Yet did I never breathe its pure serene
> Till I heard Chapman speak out loud and bold:
> Then felt I like some watcher of the skies
> When a new planet swims into his ken;
> Or like stout Cortez when with eagle eyes
> He star'd at the Pacific — and all his men
> Look'd at each other with a wild surmise —
> Silent, upon a peak in Darien.

Der 7. vers: »*Yet did I never breathe its pure serene*« lautete ursprünglich: »*Yet could I never judge what men could mean*«, was Keats selbst zu kahl fand; die spätere fassung ist entschieden eine wesentliche verbesserung, ebenso wie das »*eagle eyes*« in v. 11, wofür ursprünglich »*wond'ring eyes*« dastand[2]).

Dieses sonett ist Keats' erste originelle leistung von wahrem poetischen werth. Die bilder in den terzinen sind geradezu unübertrefflich schön: der forscher, dem plötzlich ein neuer planet aus den tiefen des weltenraumes in das bereich seines fernrohrs schwimmt; Cortez mit seinen Spaniern, wie sie von dem bergesgipfel schweigend in ahnungsvollem staunen auf die grenzenlosen fluthen des Stillen oceans hinausstarren —. da haben wir schon den ganzen Keats, der es, wie kein zweiter, versteht, mit wenigen worten uns ein lebendiges gemälde vor das geistige auge zu zaubern, das der phantasie reichlich anregung zu weiterer ausgestaltung bietet. Leigh Hunt nahm in seinen kritischen bemerkungen zu dem gedicht, das er am 1. December 1816 im »Examiner« abdruckte, anstoss an der bezeichnung des reiches der poesie als »*realms of gold*«; doch hat er sich später damit ausgesöhnt, und heute ist es ein oft citirter ausdruck. Tennyson hat darauf aufmerksam gemacht, dass es eigentlich

---

[1]) Der goldene westen ist für Keats das märchenland der poesie. Auch in der Ode an Apollo versammeln sich die dichter in Apollo's »goldenen hallen des westens« (»*In thy western halls of gold*«). Vgl. ferner im sonett »Oh! how I love«: »*On a fair summer's eve, When streams of light pour down the golden west*«. Und Ep. to George Keats 9—12.

[2]) Clarke: KW 4, 309—11. — Forman: KW 1, 77, anm. — Clarke giebt als die ursprüngliche fassung von v. 7: »*Yet could I never tell what men could mean*«. Aber das *tell* dürfte aus dem gedächtnisse falsch citirt sein; denn wir haben die ältere fassung noch in zwei zeugnissen erhalten: einmal in des dichters eigener hand und zweitens in einer abschrift seines bruders Tom, und beide haben »*judge*«.

nicht Cortez, sondern Balboa war, der den Stillen ocean zuerst sah; das ist richtig: sein gedächtniss hat den dichter hier getäuscht; aber der poetischen schönheit der stelle thut das wahrlich keinen eintrag. Keats hatte die geschichte vermuthlich auf der schule in Robertson's History of America gelesen, und es ist bewundernswerth genug, mit welch meisterhaftem griff er diese nackte schulerinnerung in echte, lebendige poesie umgestaltet hat. In diesem sonett ist er, wie schon bemerkt, zum ersten male ein wahrer, origineller dichter. Zu gleicher zeit aber ist es ein bleibendes zeugniss von dem wunderbaren eindruck, den dieser blick in die homerisch-griechische sagenwelt auf ihn machte. Chapman's Homer erschloss seinem geist eine neue, wichtige pforte beim vordringen zum allerheiligsten des classischen alterthums.

Mit der vervollkommnung seiner dichterischen leistungen wuchs auch das bewusstsein seines poetischen berufes. Er lag nach wie vor pflichtgemäss seinen medicinischen studien ob; ein collegheft über anatomie, das uns erhalten ist, zeugt von einem regelmässigem besuch der vorlesungen[1]); aber sein herz war nicht bei der sache. In einem ihrer gespräche um diese zeit spielte Cowden Clarke auf Keats' thätigkeit in der klinik an, um zu sondiren, wie es mit seinen fortschritten in der medicin bestellt sei. Er hatte vorausgesetzt, dass der freund bei der wahl des studiums seiner eigenen neigung gefolgt sei; jetzt erkannte er, dass er nur dem willen seiner vormünder gehorcht hatte, und dass damals bereits die leidenschaft für poetische composition alle andern geisteskräfte in ihm absorbirte. Clarke wagte nun zu fragen, wie er sich denn seine zukünftige lebensthätigkeit denke; und da gestand Keats mit der ihm eigenen offenheit sofort unumwunden ein, dass es ihm schlechterdings unmöglich sei, mit der medicin als lebensberuf zu sympathisiren; er werde es darin nie zu etwas bringen. »Neulich, z. b.,« sagte er, um diese behauptung zu illustriren, »während der vorlesung drang ein sonnenstrahl in's zimmer und mit ihm eine ganze schaar kleiner wesen, die in dem lichte flutheten; und ich flog mit ihnen davon zu Oberon in's märchenland«[2]).«

Unter seinen commilitonen war er desshalb auch hauptsächlich als »ein heiterer, verdrehter versmacher« bekannt, der gern knittelverse in die colleghefte seiner freunde kritzelte, aber von

---

[1]) Vgl. Colvin, Keats 15.
[2]) Clarke: KW 4. 312 f.

medicin keine grosse ahnung hatte. Von diesen improvisirten kritzeleien sind uns ein paar proben erhalten. Die eine ist ein fragment einer romantischen erzählung in prosa, abgefasst in dem nachgemachten alterthümlichen Englisch der Rowley-gedichte — ein neues zeugniss für den einfluss, den Chatterton auf den jungen dichter ausübte[1]). Das andere sind ein paar knittelverse, die uns des dichters freund und zeitweiliger stubengenosse, Henry Stephens, aufbewahrt hat. Als zeugniss für die damalige, studentisch übermüthige stimmung des dichters, mögen sie hier eine stelle finden[2]).

Women, Wine and Snuff.

Give me women, wine and snuff
Until I cry out »hold, enongh!«
You may do so sans objection
Till the day of resurrection;
For bless my beard they aye shall be
My beloved Trinity.

Im sommer 1815 gab Keats sein zimmer in Dean Street auf und siedelte nach der benachbarten St. Thomas's Street über, wo er eine wohnung über einem talglichthändler-laden gemiethet hatte. Er blieb hier reichlich ein jahr, vom sommer 1815 bis herbst 1816, und theilte sein wohnzimmer zuerst mit zwei älteren studenten und dann nach deren weggang mit zwei gleichalterigen commilitonen: George Wilson Mackereth und Henry Stephens. Der letztere, später ein renommirter arzt in der nähe von St. Albans, der das creosot als therapeutisches mittel in die medicinische praxis einführte[3]), hat uns interessante memoiren aus dieser zeit hinterlassen[4]).

»Er besuchte die vorlesungen,« sagt er von Keats, »und machte den üblichen studiengang durch, aber er hatte kein verlangen, sich in diesem beruf auszuzeichnen . . . . . . Die poesie war für seinen geist der zenith aller seiner bestrebungen — das einzige, was der aufmerksamkeit grösserer geister würdig sei — so meinte er —; alle andern berufe seien geistlos und gemein . . . . .

---

[1]) Erhalten bei W. C. Dendy, The Philosophy of Mystery, London 1841, p. 99. Keats »schrieb es eines abends in unserer gegenwart«, sagt Dendy, »während die belehrungen Sir Astley Cooper's unbeachtet an seinem ohr vorbeigingen«.

[2]) Forman: KW 2. auflage. I, p. XLIX*.

[3]) Richardson in der Asclepiad 1884. I, 139.

[4]) Sie befinden sich unter den papieren im nachlasse Lord Houghton's, wie auch die gleich zu citirenden erinnerungen G. F. Matthew's. Das wichtigste daraus hat Colvin, Keats p. 18—20, abgedruckt.

Man kann sich leicht denken, dass dieses gefühl mit einer guten portion stolz und einbildung verbunden war, und dass er unter blossen medicinern umher zu gehen und zu reden pflegte, wie es einer der götter thun würde, wenn er sich unter sterbliche mischt.« Stephens erzählt dann weiter, wie er selbst und ein student von St. Bartholomew's, ein gewisser Newmarch, von Keats des näheren umgangs gewürdigt wurden, weil sie eine gewisse poetische ader hatten. Die drei pflegten verse zu machen und darüber zu discutiren, wobei Keats immer den ton der autorität annahm und gewöhnlich von ihrem geschmack abwich. Er verachtete Pope und bewunderte Byron, aber schwärmte besonders für Spenser. Er hatte in der poesie mehr sinn für die schönheit der bilder, schilderungen und vergleiche als für handlung und leidenschaft. Newmarch pflegte bisweilen über Keats und seine poetischen gedankenflüge zu lachen — zum lebhaften unwillen seiner brüder, die ihn häufig besuchten und ihn behandelten, als ob er ausersehen sei, dereinst ein grosser mann zu werden und den namen der familie unsterblich zu machen. Von fragen der poesie abgesehen, fährt Stephens fort, sei er stets liebenswürdig und angenehm und in seiner lebensweise solide und vorwurfsfrei gewesen; — »seine vollkommene hingabe an die poesie hielt ihn davon ab, irgend eine andere liebhaberei zu haben oder irgend einem laster zu fröhnen.« Im ganzen war »der kleine Keats« [1]) unter seinen commilitionen beliebt, wenn er gleich wegen seines stolzes, seiner poetischen neigungen und auch wohl seiner geburt als sohn eines miethkutschers halber manchmal gefoppt wurde.

Ein anderer gefährte des dichters in seiner ersten Londoner zeit, der ebenfalls seinen litterarischen neigungen verständniss entgegenbrachte und selber dichtete, war ein gewisser George Felton Mathew, der sohn eines handelsmannes, in dessen familie der junge mediciner gastfreundliche aufnahme fand. Dieser entwirft uns folgendes bild von unserem studiosus: »Keats und ich, obwohl ungefähr von gleichem alter und beide der litteratur zugethan, waren in mancher hinsicht so verschieden, wie zwei individuen nur sein können. Er erfreute sich einer guten gesundheit, einer unverwüstlichen lebenskraft, war gern in gesellschaft, konnte sich vortrefflich unterhalten mit den flüchtigen freuden

---

[1]) So wurde er nach Stephens' mündlicher mittheilung an dr. Richardson von den übrigen studenten genannt (Richardson, Asclepiad 1884, I, 140).

des lebens und hatte ein grosses selbstvertrauen. Ich auf der andern seite u. s. w. . . . . . . Er war ein anhänger der skeptischen und republikanischen schule, trat für die neuerungen ein, die in seiner zeit fortschritte machten, und hatte an aller bestehenden ordnung etwas auszusetzen.« Im übrigen sei er sehr gutherzig und liebenswürdig gewesen, immer bereit, sich zu entschuldigen, wenn er jemand zu nahe getreten war. Dieses zeugniss für den frischen, lebenslustigen geist, der Keats in jenen tagen beseelte, ist von interesse im hinblick auf die trübe seelenstimmung und den lebensüberdruss, der sich später seiner bemächtigte.

Ueber seinen poetischen geschmack in dieser periode sagt Mathew: »Er zeigte mehr bewunderung für den äusseren zierrath als gefühl für die tieferen empfindungen der muse. Er fand freude daran, einen durch die irrgänge minutiöser schilderungen zu führen, aber hatte weniger sinn für das erhabene und das pathetische. Er hat mir ganze abende lang vorgelesen, aber ich habe niemals die thränen oder die gebrochene stimme an ihm bemerkt, welche die zeichen äusserster sensibilität sind.« Auf die letzte bemerkung dürfen wir kein grosses gewicht legen; denn einmal war Mathew, wie er selbst sagt, von etwas melancholischem temperament und deshalb vielleicht nur zu geneigt, einem anders gearteten menschen sofort alles tiefere gefühl abzusprechen, wenn ihm nicht, wie ihm selbst, bei jeder gelegenheit die thränen in die augen kamen; auch hat er nur verhältnissmässig kurze zeit mit Keats verkehrt; endlich aber haben wir ein zeugniss von seinem alten freunde Cowden Clarke, das sich genau im entgegengesetzten sinne ausspricht. »Es war ein genuss,« sagt dieser, »ihn eine pathetische stelle vorlesen zu sehen und zu hören. Einmal, als er 'Cymbeline' laut las, sah ich seine augen sich mit thränen füllen, und seine stimme zitterte, als er zu der abschiedsscene zwischen Posthumus und Imogen kam [1].« Und wenn wir uns erinnern, wie er beim tode seiner mutter tagelang untröstlich unter dem pult des lehrers kauerte, so müssen wir gestehen, dass er im geraden gegensatz zu jener äusserung Mathew's des allerleidenschaftlichsten schmerzes fähig war, obschon er sich nur selten davon übermannen liess.

Im übrigen ist dagegen Mathew's urtheil über Keats' poetischen geschmack und charakter interessant und wichtig. Es stimmt

---

[1] Clarke: KW 4, 308.

genau mit den äusserungen von Stephens überein und stimmt auch zu dem, was wir früher gelegentlich der besprechung seiner poetischen erstlingsleistung fanden.

Ein dichterisches ergebniss des verkehrs mit diesem Mathew ist die erste der drei poetischen episteln des bandes von 1817: »To George Felton Mathew«. Sie entstand im November 1815[1]) und ist ein ausfluss der stimmung, die Keats damals beherrschte: des wachsenden bewusstseins seiner poetischen mission und der abneigung gegen das medicinische studium. Er klagt, dass er dem poetischen fluge des freundes nicht folgen, seine dichterischen ergüsse nicht in dem maasse erwidern könne, wie er es wünsche; ihn hemmen andere sorgen und schlagen seine poetische kraft so in banden, dass er manchmal zweifle, ob er die schönheiten der natur jemals wieder werde geniessen können. Und hätte er selbst zeit für die poesie übrig, so sei es ihm doch unmöglich, wie Mathew, in jeder umgebung zu dichten; seine muse könne nicht leben in der düsteren stadt, unter »den druck von giebeln und dächern«; sie verlange hinaus in's freie; nur in blumenreicher, wilder, romantischer einsamkeit fühle sie sich wohl[2]) (vv. 31—52):

```
»But might I now each passing moment give
To the coy muse, with me she would not live
In this dark city, nor would condescend
'Mid contradictions her delights to lend.
Should e'er the fine-ey'd maid to me be kind,
Ah! surely it must be whene'er I find
Some flowery spot, sequester'd, wild, romantic,
That often must have seen a poet frantic;
Where oaks, that erst the Druid knew, are growing,
And flowers, the glory of one day, are blowing;
Where the dark-leav'd laburnum's drooping clusters
Reflect athwart the stream their yellow lustres. u. s. w.
— — — — — — — — — —
There must be too a ruin dark, and gloomy,
To say 'joy not too much in all that's bloomy'.«
```

Die stelle ist charakteristisch für Keats' natursinn und poetische eigenart. Die pflanzenwelt ist des dichters eigenste domäne, deren stille schönheiten er in allen seinen werken immer

---

[1]) Nach des dichters eigenem vermerk in der originalausgabe von 1817.
[2]) Demselben widerwillen gegen »die wirre masse düsterer gebäude« giebt er auch in dem sonett »An die einsamkeit« ausdruck, das nicht lange nachher entstanden sein muss. S. unten.

auf's neue preist. Solche »blumige, weltentlegene, wild-romantische plätze«, wie er hier einen schildert, sind es, an denen die dichterische inspiration über ihn kommt. Das sind die »*Places of nestling green for Poets made*«, für die auch Leigh Hunt in seiner Story of Rimini schwärmt, für die Keats sein ganzes leben lang geschwärmt hat. »I feel the flowers growing over me«, sagte er noch kurz vor seinem tode. Keats war der sänger der pflanzenwelt, wie kein zweiter englischer dichter.

Der schluss der oben citirten stelle ist wieder ganz im stile Gray's und der dichter des achtzehnten jahrhunderts gehalten; die ruine soll der landschaft keine romantische staffage liefern, sondern den menschen an die vergänglichkeit der irdischen freuden erinnern. Es ist die sanfte, lehrhafte melancholie, die über der »Elegy written in a Country Churchyard« schwebt:

»The boast of heraldry, the pomp of pow'r,
And all that beauty, all that wealth e'er gave,
Await, alike, th' inevitable hour;
The paths of glory lead but to the grave.«

Daneben fehlt natürlich auch Spenser nicht. v. 75: »*And make a sun-shine in a shady place*« ist fast wörtlich aus der »Faerie Queene« 1, 3, 4 entlehnt (»*And made a sunshine in the shady place*«). Und neben Shakespeare und Milton wird wieder Chatterton genannt, v. 55 f.:

»Where we may soft humanity put on,
And sit, and rhyme and think on Chatterton«[1]).

Inzwischen hatte auch George Keats die schule verlassen und war in London in das contor seines vormundes Abbey eingetreten, um sich zum kaufmann auszubilden. Durch ihn wurde John — wahrscheinlich im sommer oder herbst 1815 — in die familie eines marineofficiers Wylie eingeführt, wo er von jetzt an sehr viel verkehrte. Sein bruder liebte die tochter des hauses, Miss Georgiana Augusta Wylie, ein witziges, gemüthvolles mädchen von anziehendem wesen. John fasste selbst bald eine neigung zu ihr, und noch nach mehreren jahren (October 1818), als sie bereits mit George verheirathet und in Amerika war, schrieb er an sie: »Wenn Du hier wärest, meine liebe schwester, könnte ich die worte nicht aussprechen, die ich aus der ferne an Dich schreiben kann. Ich hege eine neigung und eine bewunderung

---

[1]) Ueber die metrische form der epistel (heroisches couplet) und die damit verknüpften schwierigkeiten s. u.

für Dich, die so gross und reiner ist, als ich sie für irgend eine frau in der welt hegen kann« [1]).

Auf diese Miss Wylie gehen mehrere gedichte aus dem jahre 1816. Auf bitten seines bruders dichtete er zum Valentinstage, 14. Februar 1816, auf sie die verse »To****«, beginnend: »*Hadst thou liv'd in days of old*«. Dies gedicht ist in der form, wie es im bande von 1817 veröffentlicht wurde, die erweiterte umbildung einer älteren fassung, die uns gleichfalls erhalten ist [2]). Der erste theil (vv. 1—40), welcher schildert, wie die gefeierte im alterthum besungen worden wäre, war ursprünglich wesentlich kürzer (nur 14 verse); der zweite (vv. 41—68), wo sie im geiste des mittelalters gepriesen wird, stimmt in beiden fassungen überein. Es folgten dann aber im originalgedichte noch vier, später weggelassene, schlussverse, in denen sich der charakter des gedichtes als Valentinsgeschenk deutlich zeigt:

»Ah me! whither shall I flee?
Thou hast metamorphosed me.
Do not let me sigh and pine,
Prythee be my valentine.«

Das ganze ist gerade keine hervorragende poetische leistung zu nennen; es zeichnet sich durch einen gewissen fluss der sprache aus, macht aber inhaltlich einen jugendlich überspannten eindruck [3]).

Ansprechender und natürlicher, wenn auch etwas tändelnd und süsslich, sind die »Stanzas to Miss Wylie« (sommer 1816), die uns in einer abschrift von George Keats erhalten sind [4]) und wohl auch in seinem auftrage gedichtet sein dürften. Sie sind nach form und inhalt im Tom Moore'schen stile verfasst und enthalten eine aufforderung an die geliebte, in der schönen sommerszeit, wo alles grünt und blüht, mit hinaus in den wald zu eilen und sich dort der natur zu freuen.

---

[1]) KW 3, 236.
[2]) Sie findet sich in einem notizbuch von Richard Woodhouse, worin dieser 1819 die damals noch unveröffentlichten gedichte von Keats abschrieb. Er giebt auch die bemerkung über ursprung und bestimmung des gedichts, das unterzeichnet ist: »14 Feby. 1816«. Herausgegeben ist diese originalfassung zuerst von Colvin (Keats p. 223 f.), dann auch von Forman: KW I, p. XXXIV*.
[3]) Das versmass sind, wie aus der probe hervorgeht, gereimte trochäische viertakter, aber in freierer behandlung. Die letzte senkung fehlt meistens: die verse sind katalektisch und die reime stumpf. Nur fünfmal kommen klingende vor, darunter der triviale 37 : 38 *higher* : *Thalia*. Vereinzelt finden sich auch auftakte (siebenmal).
[4]) KW 2, 211 f. Die jahreszahl findet sich unter der abschrift von G. Keats; die jahreszeit ergiebt sich aus dem inhalt.

»And when thou art weary I'll find thee a bed,
Of mosses and flowers to pillow thy head:
And there, Georgiana, I'll sit at thy feet;
While my story of love I enraptur'd repeat.

So fondly I'll breathe, and so softly I'll sigh,
Thou wilt think that some amorous Zephyr is nigh:
Yet no — as I breathe I will press thy fair knee,
And then thou wilt know that the sigh comes from me.«

Auf Miss Wylie und ein paar andere, nicht bekannte damen ihres kreises möchte ich ferner zwei gedichte beziehen, die in derselben Moore'schen tonart abgefasst sind und vermuthlich auch aus dem sommer 1816 datiren: »To some Ladies« und »On receiving a curious Shell, and a Copy of Verses, from the same Ladies«. Die beiden gehören nach inhalt und form eng zusammen und sind jedenfalls bei derselben gelegenheit gedichtet. Die muschel ist in beiden gedichten die gleiche. In früheren ausgaben waren vielfach die überschriften vertauscht, weil in dem zweiten gedicht anscheinend überhaupt von keiner muschel die rede ist. Die sache wird aber deutlich, wenn man folgende notiz liest, die sich unter einer abschrift des zweiten gedichts in George Keats' hand findet: »Written on receiving a copy of Tom Moore's 'Golden Chain', and a most beautiful Dome shaped shell from a Lady«[1]). Damit ist zugleich der anlass zur entstehung der beiden gedichte klargestellt. Einige dem dichter befreundete damen machen eine reise und schicken ihm von der meeresküste eine schöne, baldachinartig gewölbte muschel, die sie selbst am strande gefunden haben. Das ist jener baldachin (canopy, dome), unter dessen schatten Oberon schmachtend seine klagenden weisen ertönen lässt, als Titania ihn verlassen hat (vv. 25—36 im zweiten gedicht). Allerdings etwas klein selbst für einen elfenkönig! — Das gedicht, das die damen ihm als begleitadresse mitschickten, ist Thomas Moore's »The Wreath and the Chain«[2]); vv. 22 u. 39 wird direct darauf angespielt. Aber wer sind die damen? — Wir gehen wohl nicht fehl, wenn wir annehmen, dass eine der damen, und zwar die hauptperson, Georgiana Wylie war. Es ist auffällig, dass George Keats in der citirten unterschrift nur von einer dame spricht. Wir

---

[1]) KW 1, 28, anm.
[2]) Th. Moore's Poetical Works. Tauchnitz Edit. 1842: 1, 277—79.

haben noch eine andere abschrift des gedichts in Tom Keats' notizbuch, und da findet sich von jener bemerkung nichts. Sie stammt also offenbar nicht vom dichter selbst, sondern ist ein erklärender zusatz George's, den die sache näher interessirte. Und das führt uns auf obige vermuthung, zu deren weiterer stütze man noch auf die grosse ähnlichkeit in versmaass und stil mit den »Stanzas to Miss Wylie« hinweisen könnte.

Alle drei sind, wie gesagt, ganz im tändelnden stil Tom Moore's gehalten, der sich damals auch in diesem kreise offenbar besonderer beliebtheit erfreute, da die damen ihrem geschenke gleichfalls ein Moore'sches gedicht beifügen. Auch das metrum ist von Moore entlehnt. Alle drei sind in viertaktigen jambisch-anapästischen versen abgefasst, wie sie Moore in der verschiedensten form so häufig anwendet[1]). Unsere drei gedichte unterscheiden sich im wesentlichen nur durch die reime und die reimstellung: die »Stanzas to Miss Wylie« sind paarweis, die andern beiden abwechselnd gereimt; die »Stanzen« haben mit einer ausnahme durchweg stumpfe, die verse »On receiving a curious Shell« ebenfalls der mehrzahl nach stumpfe reime; aber regellos dazwischen verstreut, bald in der ersten und dritten, bald in der zweiten und vierten, kommen auch klingende vor. In dem gedicht »To some Ladies« ist der erste reim stets klingend, der zweite stumpf.

Interessant ist in dem letzteren gedicht die rühmende erwähnung der Mrs. Tighe, einer heute völlig vergessenen irischen dichterin, deren in Spenserstanzen verfasstes epos »Psyche« damals sehr viel gelesen war. Die betreffende stelle möge, zugleich als probe für den stil der beiden gedichte, hier citirt werden (vv. 17—24):

»If a cherub, on pinions of silver descending,
   Had brought me a gem from the fret-work of heaven;
And smiles with his star-cheering voice sweetly blending,
   The blessings of Tighe had melodiously given;

It had not created a warmer emotion
   Than the present, fair nymphs, I was blest with from you,
Than the shell, from the bright golden sands of the ocean
   Which the emerald waves at your feet gladly threw.«

Poetisch vollendeter und abgeklärter als diese leichten, tändelnden gelegenheitsgedichte ist das etwas später entstandene sonett

---

[1]) Vgl. Schipper's Englische metrik II, 410—12.

»To G. A. W.« aus dem December 1816¹), das der verehrung des dichters für die braut seines bruders bewunderndem ausdruck verleiht. Er zweifelt, in welcher stellung sie sich am reizendsten ausnimmt:

> »Nymph of the downward smile and sidelong glance,
> In what diviner moments of the day
> Art thou most lovely?« —

Natürlich kommt er zu dem ergebniss, dass sie stets gleich schön ist. Das gedicht erinnert darin etwas an das bekannte Wordsworth'sche »She was a phantom of delight«.

Ob die junge dame, die dem dichter einen lorbeerkranz schickte und zum dank dafür das sonett »To a Young Lady who sent me a Laurel Crown«²) erhielt, vielleicht auch Georgiana Wylie war? Wir wissen es nicht; ebenso sind wir über die datirung dieses sonetts im dunkel.

Hier mögen noch zwei weitere gedichte erwähnt werden, die sich gleichfalls auf frauen beziehen, aber wegen ihres knabenhaft überspannten inhalts wahrscheinlich aus einer früheren zeit stammen. Ueber die entstehung wissen wir bei beiden nichts. Das erste, beginnend mit den worten »Woman, when I behold thee flippant, vain«, besteht aus drei zu einem ganzen verbundenen sonettstrophen. Die sprache ist schwerfällig und holperig, der poetische werth gering; dagegen ist es interessant und charakteristisch für des dichters stellung zum weiblichen geschlecht.

> »Light feet, dark violet eyes, and parted hair;
> Soft dimpled hands, white neck, and creamy breast,
> Are things on which the dazzled senses rest
> Till the fond, fixed eyes forget they stare« —

aus ergüssen wie diesem spricht die glühende, schwärmerische sinnlichkeit des ersten jünglingsalters. Im übrigen aber geht ein eigenthümlicher zug unreifer, knabenhaft überspannter, ich möchte sagen Don Quixotischer ritterlichkeit durch dies gedicht, der seinen krassesten ausdruck findet in den versen:

> »God! she is like a milk-white lamb that bleats
> For man's protection.« (!)

---

¹) In Tom Keats' notizbuch findet sich das gedicht mit der überschrift »Sonnet to a Lady« und ist datirt »Dec. 1816«. Ausserdem haben wir aber noch eine undatirte abschrift von des dichters eigener hand mit der ausdrücklichen überschrift »To Miss Wylie«. Vgl. Formau: KW 1, 70. anm.

²) KW 2, 214. — Zuerst gedruckt von Milnes 1848.

Es ist übrigens nicht wahrscheinlich, dass das gedicht auf eine bestimmte person geht; es macht mehr den eindruck allgemeiner phantasien.

Ein ähnliches, wenn auch nicht so überspanntes bewusstsein jugendlicher ritterlichkeit spricht aus dem sonett, das überschrieben ist »To******« und beginnt »Had I a man's fair form«. Hier ist die beziehung auf eine bestimmte person kaum anzuzweifeln, wenn wir auch für die feststellung derselben gar keinen anhalt haben. Die sprache ist hier gewandter und die ganze ausführung gelungener als in dem eben besprochenen gedicht, aber der inhalt deutet doch auch auf eine frühere entstehung.

Durch die Wylies ward Keats mit einem gewissen William Haslam bekannt, der ihm und seinen brüdern bald ein treuer freund wurde. Ein hervorragenderer kopf scheint er nicht gewesen zu sein, und der wichtigste dienst, den er dem dichter für seinen späteren lebens- und leidenslauf leistete, bestand darin, dass er ihn mit Joseph Severn (1793—1879) zusammenführte, einem jungen kunstschüler, der den schwindsüchtigen, lebensüberdrüssigen dichter später in Rom so hingebend bis zu tode pflegte und tröstete. Ihre erste begegnung scheint schon 1815 stattgefunden zu haben, bald nachdem Keats mit den Wylies bekannt geworden war[1]). Severn war gegen den willen seines vaters maler geworden. Er hatte aber nicht nur ein ausgesprochenes talent für kunst, sondern zugleich ein lebhaftes interesse für litteratur und schloss sich sofort mit bewunderungsvoller hingabe an Keats an.

Verdankte der dichter diese freunde direct oder indirect seinem bruder George, so führte jetzt auch Tom, der um diese zeit vorübergehend gleichfalls in Mr. Abbey's contor beschäftigt war, ihm einen neuen bekannten zu: den dichter Charles Wells (1802—79). Er war ein schulkamerad Tom's zu Enfield gewesen und wohnte jetzt bei seiner familie in London. Im jahre 1816 war er ein junger mensch von 14 jahren, ein lebhafter, blauäugiger rothkopf, voll übermuth und toller streiche. An ihn ist Keat's sonett »To a friend who sent me some roses« vom

---

[1]) Severn selbst sagt später in einem briefe an Brown aus dem jahre 1830, er sei schon 1813 durch Haslam mit Keats bekannt geworden, der damals in Guy's hospital studirt hätte. (KW 4, 375.) Das ist aber ein offenbarer irrthum; denn 1813 war Keats überhaupt noch nicht in London.

29. Juni 1816 gerichtet[1]), — übrigens eine ziemlich unbedeutende leistung. Ein paar jahre später entzweite sich der dichter mit ihm wegen eines leichtsinnigen streiches, den er Tom spielte, ohne auf dessen zarte gesundheit rücksicht zu nehmen. Wells ist dann auch schriftstellerisch thätig gewesen; er ist der verfasser der prosaischen »Stories after Nature«, vor allem aber des seltsamen biblischen dramas »Joseph and his Brethren«, das, seiner zeit übersehen, neuerdings durch D. G. Rossetti, Watts, Forman u. a. wieder hervorgeholt und zu grosser berühmtheit gelangt ist. D. G. Rossetti bezeichnet Wells geradezu neben Keats als einen erben Shakespeare's[2])!

Im sommer 1816 hatte Keats die freude, zum ersten male eins von seinen gedichten **gedruckt** zu sehen. Er hatte das sonett »O Solitude!« anonym an Leigh Hunt als herausgeber des »Examiner« eingeschickt, und dieser brachte es thatsächlich am 5. Mai 1816 mit der signatur J. K. zum abdruck[3]). Wann es entstanden ist, wissen wir nicht; doch dürfte es wohl dem frühjahr 1816 angehören. Es ist einer ähnlichen stimmung entsprungen, wie die früher besprochene stelle in der epistel »To G. F. Mathew« (s. o. s. 248): abneigung gegen die düstere stadt, sehnsucht nach der freien natur.

»O Solitude! if I must with thee dwell,
Let it not be among the jumbled heap
Of murky buildings; climb with me the steep, —
Nature's observatory — whence the dell,
Its flowery slopes, its river's crystal swell,
May seem a span; let me thy vigils keep
'Mongst boughs pavillion'd, where the deer's swift leap
Startles the wild bee from the fox-glove bell.«

Es sind wieder die »*Places of nestling green for Poets made*«, nach denen er verlangt. Aber jetzt erklärt er es für das höchste irdische glück, nicht allein, sondern mit einem wahlverwandten geiste dort am busen der natur zu schwärmen:

»It sure must be
Almost the highest bliss of human-kind,
When to thy haunts two kindred spirits flee.«

---

[1]) Zufolge der datirung in Tom Keats' notizbuch. S. Forman: KW 1, 69, anm.
[2]) Ueber diese wiederbelebung Wells' vgl. Hall Caine, Recollections of D. G. Rossetti, p. 167—69. London 1882. — Ferner Forman: KW 1, 68, anm.
[3]) Vgl. Hunt's bemerkung in seiner kritik des bandes von 1817: KW 1, 331 f. und anm. Ferner Clarke: KW 4, 309.

Keats war seit dem 3. März 1816 assistent in Guy's hospital und hatte als solcher gewiss reichlich zu thun. Aber so oft er sich nur frei machen konnte, eilte er hinaus in's grüne, um hier alle kleinlichen sorgen des alltagslebens zu vergessen und sich ganz seinen dichterischen träumen zu überlassen. Im wogenden grase liegend, dichtete er im Juni 1816 das hübsche sonett auf die feldeinsamkeit: »To one who has been long in city pent«[1]), wo er mit entzücken schildert, welche lust es für einen städter ist, nach langer zeit der gefangenschaft einmal wieder dem heiter lachenden himmel voll in's antlitz zu schauen, in's weiche gras zu sinken und da eine geschichte von liebe und sehnsucht zu lesen. Und wenn man dann abends heimkehrt, dem schlag der nachtigall lauschend und den zug der segelnden wolken verfolgend, so trauert man, dass der tag so schnell verflogen ist:

»E'en like the passage of an angel's tear
That falls through the clear ether silently.«

Forman weist übrigens mit recht darauf hin, dass die anfangszeile eine reminiscenz aus Milton ist, den Keats, wie aus den zahlreichen anspielungen in den gedichten erhellt, damals eifrig studirt haben muss: die betreffende stelle findet sich im Par. Lost 9, 445:
»As one who, long in populous city pent«.

An einem schönen sommerabend entstand das sonett »Oh!, how I love, on a fair summer's eve«[2]) mit dem reizenden anfang und dem etwas geschmacklosen schluss:

»Oh! how I love, on a fair summer's eve,
When streams of light pour down the golden west,
And on the balmy zephyrs tranquil rest
The silver clouds, far — far away to leave
All meaner thoughts, and take a sweet reprieve
From little cares« etc.

Aber neben diesen gelegentlichen streifzügen in's reich der musen erfüllte er auch seine pflichten als assistent in der klinik pünktlich. Er soll ein ganz geschickter operateur gewesen sein. Und als er am 25. Juli 1816[3]) sein licentiaten-examen in

---

[1]) Unter einer abschrift des sonetts in George Keats' hand findet sich die notiz: »Written in the Fields — June 1816« (KW 1, 75, anm.).
[2]) KW 2, 213. Zuerst gedruckt von Milnes 1848, mit dem datum 1816.
[3]) Dies ist das datum der prüfung, wie sich aus den berichten der gesellschaft ergiebt. In der 1. auflage von Colvin's und darauf fussend dann auch in Rossetti's biographie von Keats ist durch ein versehen der 26. Juli angegeben. Die Society of Apothecaries von London war überhaupt erst seit 1. August 1815 befugt, candidaten der medicin zu prüfen und zur praxis zuzulassen. Vgl. Statham in Notes & Queries 27. Aug. 1887: 7. Ser. IV, 166 f.

Apothecaries' Hall bestand, entwickelte er eine menge von kenntnissen, die seine commilitonen in staunen setzte[1]). Trotzdem wuchs seine innere abneigung gegen das studium mit jedem tage; alles drängte ihn auf die poetische laufbahn. Es ist fraglich, ob er nach ablegung dieses examens sich überhaupt noch viel um die medicin wieder gekümmert hat. »Meine letzte operation,« so erzählte er später Brown, »war die öffnung der temporalis bei einem manne. Ich that es mit äusserster eleganz; aber als ich nachher daran dachte, was mir währenddessen durch den kopf gegangen war, kam meine geschicklichkeit mir wie ein wunder vor, und ich nahm die lanzette nie wieder in die hand.«

5. Ferienaufenthalt in Margate (Aug. u. Sept. 1816).

Sobald Keats sein examen glücklich hinter sich hatte, flüchtete er aus London und begab sich zur erholung an die meeresküste nach Margate, wo er den August und September 1816 zubrachte. Es war das erste mal in seinem leben, dass er das meer sah. Der eindruck, den es auf ihn machte, war überwältigend. Die gehobene, poetische stimmung der ersten tage seines Margater aufenthaltes spiegelt sich wieder in dem sonett »To my Brother George« (August 1816)[2]), worin er die erlebnisse eines tages an der see: den sonnenaufgang, den ocean mit seiner unendlichkeit und den mondscheinabend, schildert. Interessant ist die anspielung auf den Endymion-mythus, der den dichter in dieser zeit überall hin verfolgt, und poetisch schön die beschreibung der unendlichen see:

»'The ocean with its vastness, its blue green,
    Its ships, its rocks, its caves, its hopes, its fears, —
    Its voice mysterious, which whoso hears
Must think on what will be, and what has been.«

Und hier, inmitten der natureinsamkeit und angesichts des ewigen oceans, kam alsbald der poetische drang in ihm mit unwiderstehlicher macht zum durchbruch. Ueberall fand er anregung zum dichten, und verse und reime flossen ihm mit leichtigkeit aus der feder[3]). Aber dann kamen wieder stunden, in denen er das

---

[1]) Clarke: KW 4, 313.
[2]) In der ausgabe von 1817 ist das sonett ohne datum gegeben, aber eine abschrift des gedichts in George Keats' hand ist unterschrieben: »Margate, August, 1816«. Vgl. Forman: KW 1, 61, anm.
[3]) Ep. to Clarke vv. 97—102.

gedichtete einer zersetzenden kritik unterwarf, stunden der trübsal und hoffnungslosigkeit, wo er zweifelte, ob er überhaupt je dichtwerke von wahrem, bleibendem werthe schaffen würde. Aus dieser wechselnden stimmung dichterischen selbstbewusstseins und verzweiflungsvoller selbstkritik heraus ist die poetische epistel »To my Brother George« erwachsen, die gleichfalls zu Margate im August 1816 entstand¹). Sie ist, wie die epistel an G. F. Mathew vom November 1815, in heroischen reimpaaren abgefasst. Gleich der eingang zeigt uns den dichter in jenem zustande des zweifelns an seinem poetischen beruf; er fürchtet, dass sein genius sich nie zu erhabenen flügen aufschwingen werde, soviel er auch zum unendlichen himmelsdom aufschauen möge; dass er nie Apollo's lied hören werde, wenn auch am purpurnen abendhimmel in leichten federwolken des gottes goldene leier sichtbar wäre; dass das summen der honigbiene ihn nie ein idyll lehren, der glanz schöner augen ihn nie zu einer heroischen erzählung von liebe und abenteuern erwärmen werde (vv. 1—18). Aber es kommen augenblicke der verzückung über den dichter, wo er im wasser, auf der erde und in der luft nichts als poesie erschaut. Dann sieht er, wie Leigh Hunt bezeugt²), weisse schlachtrosse in der luft und glänzend gewappnete ritter, die im turnier auf einander losstürmen. Und was gewöhnliche sterbliche unwissender weise wetterleuchten nennen, darin erkennt des dichters auge das schnelle öffnen der weiten schlossportale, durch die die ritter einziehen, um in den goldenen hallen ein festliches gelage abzuhalten (vv. 19—52). Diese und noch viele andere offenbarungen werden dem dichter zu theil. Wenn er des abends spazieren geht, so sieht er mehr als bloss

»the dark, silent blue
With all its diamonds trembling through and through.
Or the coy moon, when in the waviness
Of whitest clouds she does her beauty dress« (vv. 57—60).

Alle geheimnisse der nacht enthüllen sich seinen augen (vv. 53—66). — Das sind die lebenden freuden des barden; aber weit grösser noch ist der lohn, den ihm die anerkennung der nachwelt bietet. Und nun wird uns in schönen worten die vision eines sterbenden dich-

---

¹) Eine abschrift der epistel in George's hand ist unterschrieben »Margate, August 1816«. S. Forman: KW I, 47, anm.
²) Diese notiz ist interessant, einmal als zeugniss für den damaligen einfluss Hunt's auf Keats, sodann weil sie über die entstehung des fragments »Calidore« und die »Induction« licht verbreitet. S. unten.

ters geschildert, der die wirkung seiner werke auf die nachwelt voraus ahnt (vv. 67—109). Könnte ich, heisst es dann weiter, diesen drang nach dem genuss solcher freuden in mir ersticken, so würde ich sicher glücklicher und geniessbarer für's gesellschaftliche leben sein. Bisweilen allerdings fühle ich linderung des schmerzes, wenn ein leuchtender gedanke mein gehirn durchzuckt: an solchen tagen empfinde ich ein grösseres vergnügen, als wenn ich einen verborgenen schatz gehoben hätte (vv. 110—16). Kürzlich habe ich viel stille freuden genossen, während ich im grase ausgestreckt lag und dichtete. Hier ist auch die vorliegende epistel entstanden. Mit einer anschaulichen schilderung der umgebenden natur schliesst das gedicht (vv. 117—42).

Für die kenntniss der poetischen entwicklung des dichters in dieser periode ist die epistel zweifellos sehr interessant; ihr ästhetischer werth ist sonst gering. Von der schon citirten hübschen schilderung des nachthimmels abgesehen, ist die vision des sterbenden dichters wohl das gelungenste stück des ganzen, und es klingt wie eine vorahnung des eigenen endes, wenn Keats seinen dichter mit folgenden worten von der schönen welt abschied nehmen lässt:

>»Fair world, adieu!
Thy dales, and hills, are fading from my view:
Swiftly I mount, upon wide spreading pinions,
Far from the narrow bounds of thy dominions.
Full joy I feel, while thus I cleave the air,
That my soft verse will charm thy daughters fair,
And warm thy sons!«

Die sprache ist sehr von dem leichten, vielfach trivialen plauderton der »Story of Rimini« inficirt. Auch reime und versmaass sind bisweilen sehr nachlässig behandelt; man lese nur die beiden verse (v. 29 f.):

>»And what we, ignorantly, sheet-lightning call,
Is the swift opening of their wide portal.«

In den späteren wochen des Margater aufenthalts entstand ferner die epistel »To Charles Cowden Clarke« (September 1816)[1]. Auch diese hat ein nicht unbedeutendes biographisches interesse. Keats entschuldigt sich, dass er dem freunde noch keine zeile geschrieben; seine gedanken waren immer auf der wanderschaft und ermangelten der klarheit und bestimmtheit, so dass er

---

[1] In der original-ausgabe von 1817 unterzeichnet »September, 1816«. Dass es noch in Margate entstand, ergiebt sich aus dem inhalt (v. 84 ff.).

sich nicht getraute, damit vor einen mann von classischer bildung hinzutreten, einen mann, der Tasso und Spenser studirt und kürzlich Hunt's poetischen schöpfungen gelauscht habe (vv. 1—51). Auch jetzt würde er nicht schreiben, wenn er den freund nicht schon so lange kennte, wenn dieser es nicht wäre, der ihn zuerst in alle arten der poesie einführte, der ihm das verständniss eröffnete für die

> »Spenserian vowels that elope with ease,
> And float along like birds o'er summer seas;
> Miltonian storms, and more, Miltonian tenderness« (vv. 56—58),

für das wesen des sonetts, die erhabenheit der ode und das spitzige epigramm; der ihm zeigte

> »that epic was of all the king,
> Round, vast, and spanning all like Saturn's ring;«

der ihn nicht minder auch für die grossen männer der weltgeschichte begeisterte (vv. 52—72). Was wäre ich ohne dich? fährt er dann fort. Kann ich je diese wohlthaten vergessen? Kann ich je die freundesschuld zurückerstatten? — Unmöglich. Aber es würde mich glücklich machen, wenn dir diese reimereien eine kleine freude bereiteten.

> »Should these rhymings please,
> I shall roll on the grass with two-fold ease« —

wieder eine jener trivialen Hunt'schen abgeschmacktheiten, die fast in keiner längeren dichtung von Keats aus dieser periode fehlen (vv. 72—83). Er erzählt dann, wie er schon seit mehreren wochen von London weg ist, wie ihn die sehnsucht nach der natur und dem landleben hinausgetrieben hat, und bald nach seiner ankunft am meeresstrande der dichterische drang über ihn kam (vv. 84—108). Seine gedanken wandern zurück in die schöne Enfielder zeit, und mit liebevoller sehnsucht versenkt er sich in jene früher citirte, reizende schilderung dieser schönen stunden anregenden gedankenaustausches und musikalischen genusses (vv. 109—32)[1]).

Der Margater aufenthalt war von nicht zu unterschätzender bedeutung für Keats. Er lebte dort in sorgenloser musse ganz seiner dichterischen thätigkeit und hatte zeit genug, sich in zukunftsplänen zu ergehen. Mit der zahl seiner poetischen productionen aber wuchs auch das bewusstsein seines dichterberufes; und in diesen tagen scheint zum ersten male ernstlich der vorsatz

---

[1]) Vgl. oben s. 231.

in ihm zum durchbruch gekommen zu sein, sich ganz der poesie zu widmen. Wesentlich bestärkt wurde er in diesem entschluss bald nach seiner rückkehr in die stadt durch die bekanntschaft mit einem manne, der auf die entwicklung seiner litterarischen anschauungen wie seiner persönlichen schicksale in den nächsten jahren von maassgebender bedeutung werden sollte: Leigh Hunt. Cowden Clarke scheint, wie aus Keats' zuletzt besprochener epistel (vv. 42—48) hervorgeht, im sommer 1816 viel und intim mit Hunt verkehrt zu haben. Durch seine vermittelung machte nun im herbst 1816 auch Keats die persönliche bekanntschaft des schon lange von ihm verehrten verfassers der »Story of Rimini«.

6. Keats und Leigh Hunt.

Es war eine eigenthümliche »verkettung politischer, persönlicher und litterarischer factoren«, sagt Sidney Colvin treffend[1]), »die diesen litteraten von liebenswürdigem angedenken und mittelmässigen fähigkeiten auf die werke und lebensschicksale grösserer zeitgenossen einen bestimmenden einfluss ausüben liess«. Für keinen aber dürfte der verkehr mit ihm anregender, für keinen zugleich im laufe der dinge verhängnissvoller gewesen sein als für Keats. Seine poetischen schöpfungen der nächsten jahre und die vernichtende aufnahme, die ihnen die kritik bereitete, sind ohne berücksichtigung der rolle, die Hunt dabei spielte, völlig unverständlich.

Leigh Hunt (1784—1859) war elf jahre älter als Keats. Wie Coleridge und Lamb in Christ's hospital erzogen, hatte er schon mit reichlich sechzehn jahren einen band jugendlicher gedichte veröffentlicht, die mehrere auflagen erlebten. Im alter von vierundzwanzig jahren (1808) gründete er mit seinem bruder John die zeitung »The Examiner«, die bald wegen ihrer rücksichtslosen sprache eins der einflussreichsten organe des damals unterdrückten liberalismus wurde und sich den bitteren hass der tories zuzog.

---

[1]) Gelegentlich seiner darstellung von Hunt's litterarhistorischer bedeutung, in seiner oft citirten vortrefflichen biographie unseres dichters (p. 26). Diese darstellung ist auch in der folgenden skizze von Hunt's wirksamkeit benutzt worden. Daneben wurden, abgesehen von eigenen untersuchungen, herangezogen: Monkhouse, Life of L. Hunt. (Great Writers.) London 1893. — Die kritischen ausführungen Hunt's in der vorrede zu seinen werken. — Endlich das capitel über den heroischen vers in Schipper's Engl. metrik II, 193 ff.

Ein besonders scharfer artikel mit heftigen ausfällen gegen den prinzregenten, der in seinem lebenswandel allerdings grund genug zu klagen gab, veranlasste, wie bereits erwähnt, die verurtheilung der brüder zu 1000 pfund geldstrafe und zwei jahren gefängniss (1813—15). Die regierung bot ihnen unter der hand völlige begnadigung an, wenn sie sich in zukunft der angriffe auf den prinzregenten enthalten würden. Sie wiesen das anerbieten entschieden zurück, was natürlich nicht wenig zur erhöhung ihrer popularität beitrug; sie wurden in liberalen kreisen als märtyrer der freiheit verehrt, und man suchte ihnen durch geschenke, besuche und andere sympathiebezeugungen den aufenthalt im gefängnisse so leicht wie möglich zu machen Aber die zwei jahre hinter kerkermauern machten doch einen nachhaltigen eindruck auf Leigh Hunt. Wohl liess er sich nach seiner freilassung gern als »dichterpatriot« feiern und führte auch die redaction des »Examiner« im alten liberalen geiste bis zu seiner abreise nach Italien 1821 unentwegt fort; aber er hatte die klauen des tigers gefühlt und hütete sich, ihn noch einmal zu reizen. Der sache des liberalismus ist er, im gegensatz zu Wordsworth, Southey und Coleridge, sein leben lang treu geblieben und trat auch in zukunft jederzeit für seine überzeugung freimüthig ein. Aber nach seiner freilassung aus dem gefängnisse verlor er doch mehr und mehr das interesse an der praktischen politik und lebte in erster linie seinen litterarischen neigungen und dem verkehr mit seinen zahlreichen hochstehenden freunden.

Hunt war im grunde keine besonders tiefe natur; er war ein geborener journalist: fleissig, belesen, geistreich und oberflächlich. In seinen adern floss westindisches blut, was schon in seiner äusseren erscheinung zu tage trat. Er wird uns geschildert als gross, schlank, lebhaft, mit schwarzem lockenhaar und leuchtenden, kohlschwarzen augen. Sein leichtherziges temperament stürzte ihn beständig in geldverlegenheiten und schulden, und er lebte sehr gern von anderer leute geschenken. Aber sein liebenswürdiges, einnehmendes wesen, sein heiterer, optimistischer sinn und seine angenehmen gesellschaftlichen talente erwarben ihm überall freunde, die ihn liebten und schätzten, und er selbst war nicht minder ein warmer, anhänglicher freund. Er hatte einen feinen sinn für alle geistigen genüsse; »luxuries of literature« war sein lieblingswort; vor allem aber war er ein sehr feinfühliger, scharf urtheilender kritiker und als solcher von Byron, Shelley, Keats und andern grossen zeitgenossen nach gebühr geschätzt.

In seinen eigenen poetischen schöpfungen war er ein heftiger gegner Pope's und der classicistischen steifheit, die durch französischen einfluss seit länger als einem jahrhundert in der englischen poesie wurzel gefasst hatte. Wie Wordsworth und Coleridge in den Lyrical Ballads von 1798, so kämpfte auch Hunt, wenngleich in wesentlich anderer weise, für die rückkehr zur freiheit und natürlichkeit in sprache und metrum. Schon seit 1812 arbeitete er an einem grösseren epischen gedicht, in dem er seine theorie poetisch darstellen wollte; es war sein hauptwerk, »The Story of Rimini«, das im frühjahr 1816 erschien, und das wegen des staubes, den es aufwirbelte, und des einflusses, den es auf viele der zeitgenössischen dichter ausübte, immer seinen platz unter den wichtigeren producten der englischen litteratur im anfange des 19. jahrhunderts einnehmen wird Ueber die principien, die er bei der abfassung befolgt hatte, sprach sich der dichter in der vorrede klar und bestimmt genug aus. »Mit dem bemühen,« sagt er, »zu einem freieren geist in der versbildung zurückzukehren, habe ich ein anderes von noch grösserer bedeutung verbunden: das streben nach einem freien, idiomatischen fluss der sprache.«

In metrischer hinsicht erstrebte er eine neubelebung des in der englischen litteratur so ungemein beliebten heroischen verses durch rückkehr zu jener freiheit und frischen mannigfaltigkeit, mit der ihn die meisten älteren dichter von Chaucer bis Dryden gehandhabt hatten. Früher war der satzbau mehr vom versbau unabhängig gewesen; die perioden waren ohne rücksicht auf versende und reim entwickelt. Dadurch war dem dichter eine viel grössere freiheit in der behandlung der form wie des inhaltes gegeben; er konnte das ganze mehr aus einem guss gestalten, und die kunst des dichters war vor allem darauf gerichtet, wie er den satz- und versbau bald passend zusammenfallen, bald wirkungsvoll sich kreuzen liess. Vor allem Chaucer wandte enjambement, reimbrechung, klingende reime und all die andern mittel zu einer freieren behandlung seines verses und zu wirkungsvoller abwechslung in weitestem umfange an. Auch die dichter des 16. und 17. jahrhunderts gestatteten sich in der handhabung des heroischen couplets meist noch ziemlich viel freiheiten, wenn sie auch in der regel nicht so weit gingen, wie Chaucer. Reimbrechung und klingende reime kommen bei ihnen seltener vor, dagegen wird das enjambement von fast allen elisabethanischen dichtern ganz gewöhnlich angewandt (so von Ben Jonson, dann von Donne, Browne u. a. m.).

Allmählich kommt aber daneben eine strengere, correctere richtung auf, eingeleitet durch den satiriker John Hall. Dieser macht vom enjambement nur sehr sparsamen gebrauch und strebt im gegentheil danach, vers- und satzende möglichst zusammenfallen zu lassen; der versbau erhält dadurch ein mehr epigrammatisches gepräge, wie es ja für die satire sehr angebracht ist. Andererseits führt er zur variation der epigrammatischen monotonie ein neues mittel ein, das nach ihm sehr in aufnahme kommt: die verbindung dreier reimverse zu triplets. Wie der versbau Hall's, so ist auch derjenige Suckling's, Carew's, Waller's und Denham's im allgemeinen sehr regelmässig: die beiden letzteren lassen nur gelegentliche triplets einfliessen. Ein weiteres mittel zur variation der epigrammatischen regelmässigkeit bringt Cowley auf, indem er vielfach kürzere oder längere verse, besonders aber sechstakter zum abschluss einer grösseren periode, anwendet. Auch trägt er kein bedenken, sich des enjambements wieder häufiger zu bedienen. An Cowley schliesst sich Dryden an, der diese epigrammatisch regelmässige, aber durch verschiedene mittel genügend variirte behandlungsweise des heroischen couplets zur vollendung bringt. Er ist in silbenmessung und wortbetonung sehr correct; reimbrechung und klingende reime gestattet er sich selten; dagegen macht er vom enjambement, von triplets und alexandrinern den ausgedehntesten gebrauch und wendet gelegentlich auch klingende reime an Er ist mit dieser handhabung des heroic verse für viele zeitgenössische dichter (Addison, Prior u. a.) maassgebend gewesen.

Nun aber kam Pope, der dictator des classicismus, und räumte mit all diesen freiheiten gründlich auf. In seinen zahlreichen satirischen und philosophisch-didaktischen dichtungen, die sämmtlich in heroischen reimpaaren abgefasst sind, führte er das princip der epigrammatischen correctheit und regelmässigkeit consequent durch, und fast die einzigen variationen, die er sich in seinem versbau gestattete, beruhten auf dem wechsel der cäsuren. Das feste, metrische element regulirte und beherrschte nunmehr das syntaktische vollkommen; der periodenbau war dem versbau untergeordnet. Pope selbst verstand es allerdings, durch eleganz der sprache und geistreichen, witzigen inhalt das eintönige der form vergessen zu machen. Zudem war der stoff seiner dichtungen meist didaktischer oder satirischer art und darum für einen derartigen epigrammatisch gegliederten versbau geeignet. Aber bei andern stoffen und in der hand von minder bedeutenden dichtern musste ein solches princip nothwendig zum leeren formengepränge verleiten oder aber zur hemmenden fessel werden. Gleichwohl hat dieses princip der pedantischen correctheit fast das ganze 18. jahrhundert beherrscht. Nur wenige dichter, wie Defoe, Shenstone, Burns und einige unbedeutendere, wagten es, sich dagegen aufzulehnen und durch verwendung von triplets und alexandrinern wieder einen etwas freieren ton anzuschlagen. Die grosse mehrzahl: Gay, Thomson, Collins, Akenside, Young, Goldsmith, Johnson, Smollet und Chatterton, bewegte sich streng in den von Pope vorgezeichneten bahnen; und selbst jüngere dichter, wie Crabbe und Byron, schlossen sich in ihrer behandlung des heroischen verses der grossen menge an.

Gegen diese steife, epigrammatische richtung trat nun Leigh Hunt auf mit seiner behauptung, Pope habe bei all seiner eleganz das heroische versmaass nicht verbessert, sondern im gegentheil verschlechtert. Man müsse auf Dryden zurückgehen: der sei der letzte wahre meister des heroischen verses gewesen. Hunt hat darum die »Story of Rimini« ausgesprochenermaassen nach Dryden's muster gemacht: er greift wieder auf das enjambement, die triplets und alexandriner zurück und verwendet mit vorliebe klingende reime.

Wenn er nun auch sein vorbild Dryden nicht entfernt erreicht, so hat er doch seinerseits mit der »Story of Rimini« und den darin durchgeführten grundsätzen einen bedeutenden einfluss auf jüngere dichter, vor allem Keats und Shelley, ausgeübt. Des letzteren »Letter to Maria Gisborne« (1820) und »Epipsychidion« (1821) athmen durchaus den freieren geist des Hunt'schen versbaues in der »Story of Rimini«. Und Keats wendet in den nächsten jahren (1816—18) in allen seinen grösseren sachen (den episteln »To my Brother George« und »To Cowden Clarke«, »Induction to a Poem« und »Calidore«, »I stood tip-toe«, »Sleep and Poetry«, »Endymion« und »Lamia«) ausschliesslich den heroischen vers an; ja er geht in der freien behandlung desselben sogar noch über Hunt hinaus. Enjambement, reimbrechung, klingende reime, triplets und sechstakter finden sich bei ihm in ausgedehntem maasse; ausserdem lässt er, wie früher Cowley, öfters einzelne kürzere verse einfliessen, die mit fünftaktern reimen.

Dass Keats hierin wesentlich von Leigh Hunt beeinflusst wurde, unterliegt wohl kaum einem zweifel. Erst nach dem erscheinen der »Story of Rimini« und zumal seit seiner persönlichen bekanntschaft mit Hunt bediente er sich des heroischen couplets so ungemein häufig und zwar ganz im einklang mit dem Hunt'schen princip. Nur eine thatsache bereitet dieser erklärung grosse schwierigkeiten. Wir haben nämlich einen fall, wo Keats dieses metrum bereits vor dem erscheinen der »Rimini« anwandte: in der epistel »To G. F. Mathew«, die nach des dichters eigenem vermerk in der originalausgabe von 1817 aus dem November 1815 stammt. Wie kam er damals zu diesem metrum? — Wenn wir nicht annehmen wollen, dass Keats schon ein halbes jahr vor dem erscheinen der »Rimini« durch vermittelung von Clarke oder andern freunden einsicht in Hunt's manuscript erhalten oder wenigstens von dessen poetischen grundsätzen gehört hatte, so bleibt nur die eine möglichkeit, dass er unabhängig von Hunt durch sein studium der älteren dichter auf dieselben grundsätze verfallen ist. Und das scheint thatsächlich der fall zu sein. Der umstand, dass den drei episteln als gemeinsames motto ein citat aus Browne's »Britannia's Pastorals« vorangesetzt ist, legt den gedanken an eine entlehnung des metrums aus Browne nahe. Browne gehörte, wie wir gesehen haben, zu jenen dichtern des 17. jahrhunderts, die sich in der handhabung des heroischen couplets noch mehr freiheiten gestatteten, die besonders vom enjambement reichlichen gebrauch machten. Nun geht allerdings Keats in der epistel an Mathew viel weiter; die freiheiten, die er sich nimmt, entsprechen ganz den reformatorischen forderungen Leigh Hunt's. Wir finden enjambement, reimbrechung, triplets, sechstakter, klingende reime, kurz, all die licenzen, die sich Hunt erlaubt. Es wäre immerhin etwas merkwürdig, wenn das ein zufälliges zusammentreffen wäre. Ob hier nicht doch eine gewisse kenntniss von Hunt's reformatorischen ideen mit dem studium der älteren dichter hand in hand gewirkt hat? Das ist eine frage, die vorläufig noch offen bleiben muss. Auf alle fälle aber hat das erscheinen der »Story of Rimini« und später die persönliche bekanntschaft mit Hunt die schon vorhandene freiheitliche richtung unseres dichters in der behandlung des heroischen reimpaares verstärkt.

Nach der sprachlichen seite bekämpfte Hunt gleichfalls die conventionelle steifheit und gespreiztheit der Pope'schen schule. Er begegnete sich hierin mit Wordsworth. Beide drangen auf natürlichkeit und einfachheit des poetischen stiles, nur war die auffassung dieser natürlichkeit bei beiden sehr verschieden. Wordsworth vertrat den standpunkt, dass die sprache der poesie sich mit derjenigen der gewählten prosa möglichst decken müsse; aber er bewahrt doch immer einen würdevollen ton. Hunt geht einen schritt weiter: er führt ausdrücke der trivialsten umgangssprache in die poesie ein. War sein gewöhnlicher prosastil schon ganz von dem gemüthlichen plauderton des täglichen lebens durchtränkt, so übertrug er das nun in der »Story of Rimini« auch in die poesie, und zwar nicht nur gelegentlich, sondern durchgehends. Er scheut sich nicht, auch die erhabensten situationen und heftigsten leidenschaften mit entsetzlich trivialen gesellschaftsphrasen zu behandeln. Das ist natürlich stellenweise einfach unausstehlich, und desshalb stürzten sich auch seine gegner sofort mit allem nachdruck auf diesen wunden punkt und stellten Hunt als Cockney Poet an den pranger. Gleichwohl übte er auf die jüngeren dichter seines kreises auch in diesem punkte einen nicht unbedeutenden einfluss aus. Namentlich aus den jugendgedichten von Keats lassen sich eine menge ausdrücke aufweisen, die ganz in dem vulgären Leigh Hunt'schen stil gehalten sind[1]). Wenn später der kritiker von Blackwood's Magazine alle dichter des Hunt'schen kreises als Cockney School bezeichnet, wozu sogar Shelley gerechnet wurde, so gab wenigstens der junge Keats ihnen wohl einige veranlassung dazu.

Uebrigens hatte die »Story of Rimini« neben dieser unleugbaren schwäche doch auch sehr viele vorzüge. Einige stellen haben wirklich einen nicht unbedeutenden poetischen werth, die schilderungen sind zum theil von vollendeter schönheit und malerischer farbenpracht; und wenn der verfasser sein ziel, die frische Chaucer's mit der anmuth Spenser's und der kraft Dryden's zu verschmelzen, auch nicht entfernt erreicht hat noch zu erreichen im stande war, so versteht man es doch wohl, wenn einige damen über dem gedichte in thränen zerfliessen wollten, und wenn die freunde des

---

[1]) Inwieweit er auch den stil der satirischen dichtungen Byron's und verschiedene andere dichter beeinflusst hat, muss einer besondern untersuchung vorbehalten bleiben.

dichters es gegenüber dem stil des 18. jahrhunderts als ein epochemachendes werk ansahen.

Keats hatte Leigh Hunt dem namen nach schon als knabe gekannt und als vorkämpfer der freiheit verehrt. Hatte er doch während der Enfielder schulzeit aus dem »Examiner« seine eigene freiheitsliebe genährt. Und später, als Hunt aus dem gefängniss entlassen wurde, hatte er jenes sonett auf ihn gedichtet. Kein wunder, dass er jetzt vor begierde brannte, ihn persönlich kennen zu lernen[1]).

Hunt hatte nach dem verlassen des gefängnisses zunächst eine wohnung im Edgware Road bezogen. Von da siedelte er im frühjahr 1816 nach dem Vale of Health unterhalb Hampstead Heath über, wo er ein reizendes häuschen gemiethet hatte[2]). Hier war es, wo Cowden Clarke bei einem besuche im herbst desselben jahres ihm ein paar gedichte seines jungen freundes John Keats vorlegte. Dass Hunt sich beifällig und ermuthigend darüber aussprechen würde, hatte Clarke wohl erwartet; aber auf eine solche rückhaltlose und entschiedene bewunderung, wie sie Hunt an den tag legte, als er kaum zwölf verse von dem ersten gedicht gelesen hatte, war er nicht vorbereitet. Horace Smith, der zufällig zugegen war, sprach sich nicht minder anerkennend aus. Besonders der schluss des sonetts »How many bards gild the Lapses of Time!« fand seinen beifall[3]). Nach eingehenden, lebhaften erkundigungen über die persönlichkeit und den charakter des dichters wurde Clarke bei seinem weggange gebeten, ihn das nächste mal selbst mitzubringen.

Das war nun ein ereignissvoller tag in des dichters leben. Clarke sagt, der charakter und ausdruck seiner gesichtszüge haben schon für gewöhnlich die aufmerksamkeit der passanten auf der strasse erregt; auf dem wege nach dem Vale of Health aber haben sie einen ausdruck so lebhafter spannung und freudiger

---

[1]) Ueber diese zeit der ersten bekanntschaft der beiden männer haben wir anschauliche berichte sowohl von Hunt (KW 4, 277 ff.), wie besonders von Clarke (KW 4, 313 ff.).
[2]) Clarke: KW 4, 313. — Monkhouse, Life of L. Hunt 117.
[3]) Dies sonett ist also vor dem herbst 1816 entstanden. Es gehört gerade nicht zu Keats' besten sonetten, ist aber für sein damaliges alter immerhin eine anerkennenswerthe leistung. Mit bezug auf v. 13 bemerkte H. Smith: »What a well-condensed expression for a youth so young!« — Ebenso warm und bewundernd wie Smith sprachen sich übrigens Godwin, Hazlitt und Basil Montague aus, denen Hunt bald nach seiner persönlichen begegnung mit Keats einige von dessen gedichten, darunter das sonett über Chapman's Homer, vorlegte.

erwartung angenommen, dass er es nie vergessen werde. Die beiden männer wurden auf der stelle befreundet; aus dem einen besuche wurden drei, und diese waren nur das vorspiel zu einem unausgesetzten verkehr, der für beide gleich anregend war. Sie hatten auch in ihren naturen und lebensanschauungen viele übereinstimmende züge. Beide waren optimisten, beide waren enthusiasten, begeistert in gleicher weise für die sänger und helden des alterthums wie für die reize des englischen landlebens, die herrlichkeiten der natur im sommer und die stillen häuslichen freuden im winter, wenn auch bei Keats diese begeisterung meist viel tiefer empfunden war als bei Hunt. *Luxury* war Hunt's lieblingsausdruck, den er für reize und genüsse aller art gebraucht; *luxury, luxuriate, deliciousness, delight* werden jetzt auch Keats' lieblingswörter. Zu schwelgen in allen genüssen, die kunst, litteratur und natur ihnen bieten, das ist ihnen lebensphilosophie.

Der zeitpunkt, wo Keats zuerst die persönliche bekanntschaft Leigh Hunt's machte, ist bisher zu früh angesetzt worden. Sidney Colvin[1]) verlegt ihn in das frühjahr 1816, indem er zugleich auf den ausgesprochen Hunt'schen charakter der epistel an Mathew hinweist, der ein noch früheres datum für die erste begegnung zu erheischen scheine. Aus dem folgenden wird sich ergeben, dass sie jedenfalls nicht vor September oder October 1816 stattfand.

Clarke berichtet uns ausdrücklich, dass die beiden männer sich in Hunt's hause im Vale of Health kennen lernten. Da nun Hunt in seiner autobiographie angiebt, er habe dieses haus im frühjahr 1816 bezogen, so würde dies der früheste mögliche termin sein. Aber eine andere, bisher nicht beachtete notiz Hunt's verlegt den zeitpunkt mit solcher bestimmtheit in den herbst 1816, dass ein zweifel gar nicht mehr möglich ist. In einem aufsatze »Young Poets«, den Hunt im »Examiner« vom 1. December 1816 veröffentlichte, bemerkt er im hinblick auf Keats: »He has not yet published anything except in a newspaper; but a set of his manuscripts was handed us *the other day*«[2]). Und noch bestimmter heisst es in seiner recension des bandes von 1817: »From these and stronger evidences in the book itself, the readers

---

[1]) Dieser kommt hier nur in betracht (p. 34. 222). Houghton's buch ist für chronologische angaben ganz unbrauchbar, und die andern neueren biographischen darstellungen fussen alle auf Colvin.

[2]) KW I, 331 f. und anm.

will conclude that *the author and his critic are personal friends;* and they are so, — *made however,* in the first instance, by nothing but his poetry, and *at no greater distance of time than the announcement above-mentioned* [d. i. jener aufsatz vom 1. December 1816]. *We had published one of his Sonnets in our paper, without knowing more of him than any other anonymous correspondent; but at the period in question, a friend brought us one morning some copies of verses,* which he said were from the pen of a youth« ¹).

Daraus geht doch klar und deutlich genug hervor, dass Keats zur zeit, als das sonett auf die einsamkeit gedruckt wurde, d. h. am 5. Mai 1816, dem herausgeber des »Examiner« noch vollkommen unbekannt war, dass dieser ihn vielmehr erst kurze zeit vor dem 1. December kennen lernte. Da nun Keats am 31. October an Clarke schreibt, er freue sich, dass er bald die bekanntschaft Haydon's machen werde, und da er mit Haydon, wie wir wissen, im hause Leigh Hunt's bekannt wurde, so dürfen wir wohl annehmen, dass Clarke ihn bereits im October mit Hunt zusammengeführt hatte. Eine bemerkung des letzteren scheint freilich eine noch etwas frühere ansetzung dieser ersten begegnung zu verlangen. Hunt sagt in seinem »Lord Byron and Some of his Contemporaries« (1828) mit bezug auf den eingang der dichtung »I stood tip-toe« etc., Keats habe die anregung dazu erhalten »*by a delightful summer-day,* as he stood beside the gate that leads from the Battery on Hampstead Heath into a field by Caen Wood«²). Das zusammenfallen der örtlichkeit mit Hunt's wohnsitz, das sonst doch auffällig wäre, scheint darauf zu deuten, dass Hunt hier aus eigener erinnerung spricht und nicht etwa eine mittheilung seines freundes wiedergiebt. Aber wenn das wirklich der fall ist, so darf der ausdruck »sommertag« nicht ganz wörtlich genommen werden; es kann ja auch ein schöner Septembertag gewesen sein. Früher als im September 1816 hat die begegnung auf keinen fall stattgefunden: einmal wegen des Margater aufenthalts und dann wegen der obigen notiz, welche die bekanntschaft möglichst eng. an den 1. December 1816 knüpft³).

---

¹) KW 1, 331 f. und anm.
²) KW 4, 278 f.
³) Dass Hunt mit der notiz in seiner Autobiography (1. aufl. 1850: II, 230. — 2. aufl. 1860: 282), er habe Keats nicht in Hampstead, sondern in seiner wohnung 8, York Buildings, New Road, zuerst kennen gelernt, die richtige darstellung seines 1828 erschienenen buches »Lord Byron« etc. nur

Die festlegung dieses zeitpunktes der ersten begegnung mit Hunt ist jedenfalls von einiger bedeutung, weil von ihr die datirung einer reihe von gedichten sowie die bestimmung des bekanntwerdens mit verschiedenen anderen männern abhängt. Sie lässt all die dichtungen, die offenbar unter dem directen einflusse Hunt's entstanden, in den winter 1816—17 zusammenrücken, und sie zeigt uns, von welcher bedeutung dieser winter für Keats' poetische thätigkeit war.

7. Der winter 1816—17.

Der verkehr mit Leigh Hunt scheint Keats' entschluss, die medicin aufzugeben und sich ganz der poesie zu widmen, vollends entschieden zu haben. Sein vormund Abbey wollte als praktischer geschäftsmann nichts davon wissen und suchte Keats ernstlich von allen poetischen extravaganzen abzuhalten, die ihm als jugendlicher leichtsinn erschienen und erscheinen mussten[1]). Aber die beiden jüngeren brüder waren ganz von der poetischen mission John's überzeugt; selbst der sonst so praktische, nüchterne George bestärkte ihn in seinen plänen und war sogar bereit, für seine materielle zukunft zu arbeiten.

Zwischen den drei brüdern und ihrem vormund bestand überhaupt nicht gerade ein besonders herzliches verhältniss. George und Tom waren nach ihrem abgang von der schule nach einander beide in Abbey's contor eingetreten; aber sie gaben diese stellung beide nach kurzer zeit wieder auf: George wegen wirklicher oder vermeintlicher geringschätziger behandlung seitens eines jüngeren geschäftstheilhabers; Tom wegen mangelnder gesundheit und kraft[2]). Zwischen John und Abbey ist es nie zu einem offenen streit gekommen; aber John entzog sich den weisungen seines vormundes, sobald er es gesetzlich konnte, und der zeitpunkt dazu war gerade jetzt gekommen.

Am 31. October 1816 wurde er mündig. Die bedeutung dieses tages für die gestaltung der lebensbahn des dichters in

---

verschlimmbessert hat, ist schon von Colvin p. 222 f. bemerkt worden. Hunt wohnte in jenem hause nachweislich nicht vor dem herbst 1818 (Monkhouse, Life of Hunt 117), während er ihn nach der abhandlung im Examiner im herbst 1816 bestimmt gekannt haben muss.

¹) Es ergiebt sich das aus einem briefe Abbey's, den Colvin p. 222 abdruckt.
²) Colvin, Keats 17.

der nächsten zeit ist bisher kaum genügend gewürdigt worden. Keats zögerte keinen augenblick, all die rechte auszunützen, die dieses ereigniss ihm einräumte. Es ist zweifelhaft, ob er nach der rückkehr aus den ferien seine medicinischen studien überhaupt noch wieder aufgenommen hat. Von dem tage seiner mündigkeit an hängt er sie jedenfalls vollständig an den nagel und »beginnt, sein auge auf einen horizont zu heften« [1]).

Aeusserlich kennzeichnet sich dieser endgiltige verzicht auf die medicin in einem wohnungswechsel. Es scheint, dass Keats von Margate aus zunächst noch in seine frühere wohnung in Thomas Street zurückkehrte, und dass er etwa bis zum tage seiner mündigwerdung dort wohnen blieb. Anfang November 1816[2]) aber gab er mit dem studium der medicin auch seine wohnung in der nähe der klinik auf und zog hinüber in die City zu seinen brüdern, die sich im zweiten stock des hauses 76 Cheapside, in unmittelbarer nachbarschaft der Poultry, eingemiethet hatten. Die wohnung lag gerade gegenüber Ironmonger Lane und der Mercers' Hall über einem thorweg, der nach der Queen's Arms Tavern führte, und zwar in der westlichen ecke des thorwegs, nach Bow Church zu. Thorweg und wirthschaft sind noch heute vorhanden, aber das haus 76 Cheapside selbst wurde 1868 umgebaut[3]).

---

[1]) So schreibt er am 20. November an Haydon: KW 3, 45. — Letters of J. K. ed. Colvin p. 2.

[2]) Unter dem ersten erhaltenen briefe von Keats an Haydon vom 20. November 1816 findet sich die notiz »Removed to 76 Cheapside« (KW 3, 44. In Colvin's ausgabe p. 1). Haydon's bekanntschaft aber hat Keats nachweislich erst anfang November 1816 gemacht. Aus der obigen notiz folgt also, dass Haydon zunächst eine andere adresse von Keats kannte, und dass der wohnungswechsel gerade etwa um die zeit der ersten bekanntschaft mit Haydon erfolgt sein muss. Am 18. November wohnte er bereits mit den brüdern zusammen, wie wir gleich sehen werden.

[3]) Vgl. Clarke: Riches of Chaucer. 1. aufl. (1835) p. 53; 2. aufl. (1870) p. 56. Abgedruckt auch bei Forman: KW 2, 558. Ungenauer ist die angabe Clarke's in seinen viel später geschriebenen Recollections (KW 4, 317), wo er aus der Queen's Arms Tavern eine Queen's Head Tavern und aus der Mercers' Hall in Ironmonger Lane eine Ironmongers' Hall macht. Vgl. ferner Laurence Hutton: Literary Landmarks of London. 8. aufl. 1892, p. 179. — Sidney Colvin sagt in seiner biographie p. 15, Keats sei im sommer 1816 zu seinen brüdern in die Poultry übergesiedelt, und im frühjahr 1817 seien dann alle drei noch auf kurze zeit nach 76 Cheapside umgezogen. Das beruht auf einem missverständniss. Die beiden wohnungen sind identisch, wie aus der beschreibung Clarke's zweifellos hervorgeht. Das haus 76 Cheapside ist, wie sich jeder noch heute überzeugen kann, nur wenige schritte von der eigentlichen Poultry entfernt; und wenn Clarke dasselbe in der Poultry über dem thorweg nach Queen's Arms Tavern und gegenüber Ironmonger Lane gelegen sein lässt, so ist hier der name Poultry einfach in weiterem sinne gebraucht. Keats hat also während seiner Londoner studienzeit nicht 4, sondern nur 3 wohnungen gehabt.

In diesem hause brachte Keats den winter 1816—17 zu, lediglich dem verkehr mit seinen brüdern und freunden sowie seinen poetischen neigungen lebend. Hier wurde der band von 1817 zum drucke vorbereitet, hier entstanden die meisten gedichte, die den inhalt desselben ausmachen. Eins der ersten war das reizende sonett »To my Brothers« vom 18. November 1816[1]). Es ist an Tom's geburtstage gedichtet und entwirft uns ein allerliebstes gemälde von dem anheimelnden, idyllischen zusammenleben der drei brüder:

»Small, busy flames play through the fresh laid coals,
And their faint cracklings o'er our silence creep
Like whispers of the household gods that keep
A gentle empire o'er fraternal souls.«

Mit den freunden seines bruders George, den Wylie's und ihrem kreise, verkehrte Keats nach wie vor in der alten freundschaftlich vertrauten weise. Das schon in andern zusammenhange besprochene sonett »To G. A. W.« (»Nymph of the downward smile and sidelong glance«) stammt aus dem December 1816. Im herbst 1816 beginnt auch die lange reihe der briefe an seine geschwister und freunde, die uns einen so interessanten einblick in sein privatleben und seinen charakter gewähren und mit einer so natürlichen frische und so ohne jede rücksicht auf spätere veröffentlichung uns alle seine verschiedenen stimmungen, all seine vorzüge und schwächen enthüllen, wie selten briefe bedeutender männer. Sie zeichnen sich aus durch einen leichten, ungemein gewandten und vielseitigen stil, ohne jede manier und absicht. Neben stellen von höchster poetischer schönheit treffen wir auf andere, die von übermüthigstem unsinn strotzen. Als ein niederschlag des anregenden geistigen verkehrs und der gesellschaftlichen sphäre, in der Keats sich bewegte, ist dieser briefwechsel für uns von unschätzbarem werthe.

Mit Hunt und seiner familie stand Keats bald auf vertrautestem fusse. Er war ein stets willkommener gast und scheint von jetzt an einen grossen theil seiner zeit im Vale of Health zugebracht zu haben. Oftmals kehrte er nach einem gemüthlich verplauderten abend überhaupt nicht nach haus zurück; für diesen

---

[1]) Die datirung »November 18, 1816« findet sich schon in der ausgabe von 1817 unter dem sonett. In Tom Keats' taschenbuch ist es überschrieben: »Written to his Brother Tom on his Birthday.« Vgl. Forman: KW I, 72, anm.

fall war stets ein bett für ihn auf dem sofa in der bibliothek bereit. Nach einem der ersten abende, die er in Hunt's hause mit Clarke zusammen verlebte, dichtete er auf dem heimwege jenes schöne sonett »Keen, fitful gusts are whisp'ring here and there«, eine der perlen des bandes von 1817 und zugleich ein lebhafter abglanz jener anregenden stunden im Vale of Health:

> Keen, fitful gusts are whisp'ring here and there
>   Among the bushes half leafless, and dry;
>   The stars look very cold about the sky,
> And I have many miles on foot to fare.
> Yet feel I little of the cool bleak air,
>   Or of the dead leaves rustling drearily,
>   Or of those silver lamps that burn on high,
> Or of the distance from home's pleasant lair:
> For I am brimfull of the friendliness
>   That in a little cottage I have found;
> Of fair-hair'd Milton's eloquent distress,
>   And all his love for gentle Lycid drown'd;
> Of lovely Laura in her light green dress,
>   And faithful Petrarch gloriously crown'd.

Nach der obigen bemerkung Clarke's[1]) müsste das sonett, falls die erste begegnung zwischen Keats und Hunt wirklich im frühjahr 1816 stattgefunden hätte, gleichfalls um diese zeit entstanden sein. Der inhalt deutet aber entschieden auf den spätherbst hin, — wieder ein beweis für die richtigkeit unserer datirung.

Einem ähnlich genussreichen abend unter Hunt's dache verdankte nicht lange nachher das sonett »On leaving some Friends at an early Hour« seine entstehung[2]). Es zeigt ebenfalls einen bedeutenden dichterischen schwung, wenn es auch lange nicht so kraftvoll und natürlich ist wie das vorige.

Bisweilen fanden an diesen abenden regelrechte poetische turniere statt. Cowden Clarke hat uns ausführlich über ein solches berichtet, das am abend des 30. December 1816 in Hunt's zimmer ausgefochten wurde. Man hatte von dem traulichen gesang des heimchens am herde gesprochen. Da machte Hunt Keats den vorschlag, an ort und stelle in einer vorher festzusetzenden zeit mit ihm ein concurrenz-sonett auf den grashüpfer und die cicade zu dichten. Keats nahm die herausforderung an,

---

[1]) Clarke: KW 4, 315.
[2]) Clarke: KW 4, 315.

die beiden machten sich sofort an die arbeit. Clarke, der einzige zuschauer bei dem wettkampf, drückte sich mit einem buch in die ecke des sofas, von zeit zu zeit verstohlene blicke auf die concurrenten werfend. Wir wissen nicht, wie lange das turnier dauerte, aber Clarke bemerkt ausdrücklich, die zeit sei verhältnissmässig kurz gewesen. Keats war zuerst fertig. Er hatte in der kurzen zeit eins seiner poetischen meisterstücke geschaffen: jenes sonett, welches neben den andern auf Chapman's »Homer« und »Keen, fitful gusts are whisp'ring here and there«, die gleichfalls sehr rasch gedichtet wurden, dem bande von 1817 immer bleibenden werth verleiht.

On the Grasshopper and Cricket.

The poetry of earth is never dead:
 When all the birds are faint with the hot sun,
 And hide in cooling trees, a voice will run
From hedge to hedge about the new-mown mead;
That is the Grasshopper's — he takes the lead
 In summer luxury, — he has never done
 With his delights; for when tired out with fun
He rests at ease beneath some pleasant weed.
The poetry of earth is ceasing never:
 On a lone winter evening, when the frost
 Has wrought a silence, from the stove there shrills
The Cricket's song, in warmth increasing ever,
 And seems to one in drowsiness half lost,
 The Grasshopper's among some grassy hills.

»Die prüfung der gedichte,« sagt Clarke, »war einer der zahlreichen ähnlichen anlässe, die mir das andenken Leigh Hunt's für immer theuer und bewundernswerth gemacht haben wegen seines ungekünstelten edelmuths und seiner vollkommen anspruchslosen ermuthigung. Sein blick aufrichtiger freude bei der ersten zeile:

»The poetry of earth is never dead!«

'Solch ein glücklicher anfang!' sagte er; und als er zum zehnten und elften verse kam:

»On a lone winter evening, when the frost
 Has wrought a silence« —

'Ah, das ist vorzüglich! Bravo, Keats!' Und dann verbreitete er sich über die stille der natur in der regungslosigkeit und starrheit der winterzeit«[1]).

---

[1]) Clarke: KW 4, 316. — Keats' sonett erschien in dem bande von 1817 mit der unterschrift »December 30, 1816«. Die beiden concurrenzsonette wurden

Aber der eigentliche litterarische einfluss, den Hunt auf Keats ausübte, äussert sich nicht in diesen kleineren spontanen ergüssen des augenblicks; er macht sich vielmehr in den längeren dichtungen geltend. Von allen englischen dichtern hatte bisher seit jenem tage, wo Clarke ihm in Enfield das Epithalamium vorlas, Spenser den grössten raum in Keats' seele eingenommen. Er hatte dessen werke mit enthusiastischer bewunderung studirt, hatte Spenser's weise nachzuahmen gesucht, aber war doch bald zu der überzeugung gekommen, dass er noch nicht im stande sei, seinem fluge zu folgen und seinen geist sich anzueignen; er fühlte, dass er eines vermittlers bedürfe, der ihn in die geheimnisse der Spenser'schen muse einweihe. Und das wurde ihm nun Leigh Hunt, der eine gleiche verehrung für den dichter der »Faerie Queene« hegte wie Keats selbst. Für die nächsten jahre steht Hunt's einfluss auf Keats unmittelbar neben dem Spenser's, dessen name in Keats' dichtungen dieser periode wiederholt eng verbunden mit dem von »Libertas«, »the wrong'd Libertas«, »lov'd Libertas«, d. i. Hunt, erscheint[1]).

Keats gab seinem damaligen verhältniss zu Spenser einen trefflichen ausdruck in einem sonett, das um diese zeit aus dem verkehr mit Hunt entsprungen sein dürfte.

To Spenser[2]).

> Spenser! a jealous honourer of thine,
>   A forester deep in thy midmost trees,
> Did last eve ask my promise to refine
>   Some English that might strive thine ear to please.
>   But Elfin Poet 'tis impossible
> For an inhabitant of wintry earth
>   To rise like Phoebus with a golden quill
> Fire-wing'd and make a morning in his mirth.
>   It is impossible to escape from toil
> O' the sudden and receive thy spiriting:

---

dann zusammen abgedruckt von Hunt im Examiner vom 21. September 1817. Hunt's sonett findet sich auch bei Forman: KW 1, 346.

[1]) Induct. to a Poem 61 »thy (i. e. Spenser's) lov'd Libertas«. — Ep. to George Keats 24: »For knightly Spenser to Libertas told it«. — Ep. to Cowden Clarke 44: »The wrong'd Libertas«.

[2]) Gedruckt zuerst von Milnes (1848), der es von einem Mr. Longmore, neffen von Hunt's und Keats' gemeinsamem freunde J. H. Reynolds, erhalten hatte. Das gedicht ist allerdings in der hand von Longmore's mutter, die es von Keats selbst empfangen haben will, datirt »Feb. 5th, 1818«. Aber schon Milnes hat darauf hingewiesen, dass es jedenfalls viel früher entstanden sein muss. — Neu gedruckt bei Forman: KW 2, 204.

> The flower must drink the nature of the soil,
> Before it can put forth its blossoming:
> Be with me in the summer days and I
> Will for thine honour and his pleasure try.

Von einigen sprachlichen und metrischen unebenheiten abgesehen, gehört dies sonett zu den gelungensten unter Keats' jugenddichtungen. Hinter dem »jealous honourer of thine«, der den dichter auffordert, im stile Spenser's zu dichten, darf man wohl mit ziemlicher wahrscheinlichkeit Hunt vermuthen.

Als ein versuch, den geist der »Faerie Queene« in die form der »Story of Rimini« zu kleiden, sind zwei dichtungen aufzufassen, die unter der unmittelbaren einwirkung, um nicht zu sagen aufsicht, Leigh Hunt's wohl nicht lange nach ihrer ersten bekanntschaft im herbst 1816 entstanden: das »Specimen of an Induction to a Poem« und »Calidore. A Fragment«. Wir haben noch eine abschrift der beiden gedichte in Tom Keats' notizbuch mit randstrichen Leigh Hunt's[1]). Die beiden gehören jedenfalls eng zusammen: die »Induction« sollte die einleitung zu einem grösseren romantischen epos »Calidore« sein[2]), das aber nur fragment blieb. Der inhalt der beiden stücke ist kurz folgender:

Ich muss eine geschichte aus der ritterzeit erzählen: so beginnt der dichter die »Induction«. Weisse federn sehe ich im winde wehen, die lanze sehe ich durch die morgenluft blitzen. Ich muss eine rittergeschichte erzählen[3]). Soll ich berichten,

---

[1]) Am ende von Calidore steht der vermerk: »Marked by Leigh Hunt — 1816«. Auf Hunt's einwirkung ist unter anderem die beseitigung eines schlechten reimes zurückzuführen. Die reime in Induct. 17, 18 lauteten ursprünglich *remembring : trembling*. Hunt hat die stelle angestrichen, und in der endgiltigen fassung sind die verse geändert, so dass die reime jetzt lauten *dissembling : trembling*.

[2]) Es ergiebt sich das, von inneren gründen abgesehen, einmal aus der art, wie Hunt in seiner kritik des bandes von 1817 die beiden gedichte einführt: »The Specimen of an Induction to a Poem, and the fragment of the Poem itself entitled Calidore« (KW I, 339). Sodann folgen die beiden gedichte schon in der ausgabe von 1817 unmittelbar aufeinander, ja, in Tom Keats' notizbuch sind sie ohne absatz durchgeschrieben mit den einfachen überschriften »Induction« und »Calidore«.

[3]) Diese halb knabenhafte, halb pedantische einleitung findet ihre erklärung durch eine stelle in der epistel an George Keats aus dem August 1816, wo von den augenblicken poetischer inspiration der dichter die rede ist:
> »It has been said, dear George, and true I hold it,
> (For knightly Spenser to Liberias told it,)
> That when a Poet is in such a trance,
> In air he sees white coursers paw, and prance,
> Bestridden of gay knights, in gay apparel,
> Who at each other tilt in playful quarrel« (v. 23—28).

wie das feuer aus des kriegers auge sprüht, wie er mit furchtbarer hand die lanze ergreift und grausame werke damit vollführt? Oder wie er in friedlicherem beginnen zum ehrenvollen turnier auszieht und die augen der zuschauer ringsumher auf sich lenkt? — Nein, nein, das liegt mir fern. — Oder soll ich

»Revive the dying tones of minstrelsy,
Which linger yet about lone gothic arches,
In dark green ivy, and among wild larches?«

Aber wie? Wie soll ich den glanz der festgelage besingen, wo die kampfgeräthe an der wand hängen und leichtfüssige mädchen mit schnellem schritt und strahlenden gesichtern in der halle umhereilen oder in gruppen mit einander plaudern? — Gleichviel; erzählen muss ich eine geschichte.

Spenser! du, dessen offenes, gütiges auge mein herz mit freude erfüllt, so oft ich es anschaue, du musst mir helfen; sei du meinen wagenden schritten nahe! Oder wenn du es nicht billigen solltest, dass ein anderer sterblicher dem leuchtenden pfade deines lieblings Hunt folgt, so wird er für mich sprechen und dir sagen, dass ich nicht zu hohes erstrebe, sondern in gebührender ehrfurcht ihm nachfolgen werde. Und auf sein wort wirst du ja hören. So mache ich mich denn zuversichtlich an's werk. —

So der gedankengang der »Induction«. Giebt schon das gesagte einen begriff von dem unreifen, knabenhaften zug, der durch das ganze geht, so ist die ausführung im einzelnen stellenweise noch viel geschmackloser. Ein beispiel wird genügen: die dame, die in der frischen morgenluft auf dem thurm ihren ritter erwartet, »kann vor kälte ihre zarten füsse nicht fühlen« (v. 14). Manche solcher fehlgriffe sind auf rechnung der reimnoth zu setzen. Um einen reim auf *shield* zu haben, macht Keats den ganz unangebrachten, störenden vers (40): »*Where ye may see a spur in bloody field.*«

Und nun zu dem fragment selbst. Jung Calidore fährt über den see und geniesst in vollen zügen die schönheiten der abendland-

---

Das gekünstelte des eingangs zur Induction wird hierdurch klar genug. Keats hat von Clarke gehört, dass der dichter in solchen inspirirten augenblicken nach Hunt's versicherung weisse schlachtrosse u. s. w. in der luft erblicke. Die glaubt er jetzt selbst zu sehen, und desshalb hält er sich für inspirirt und meint, er müsse nun ein rittergedicht machen. — Uebrigens gestattet diese übereinstimmung in den beiden gedichten auch einen ungefähren schluss auf die entstehungszeit der Induction.

schaft, die sich vor ihm ausbreitet: das üppige grün am ufer, von den strahlen der untergehenden sonne vergoldet; der einsame, zerfallene thurm, von fichten umgeben; die epheuumrankte capelle, von einem kreuz gekrönt; grün bewachsene eilande und dicht belaubte haine mit blumen aller art (vv. 1—52). Lange ist er in den anblick versunken. Schon fällt der himmelsthau auf die blumen nieder; da weckt ein trompetenstoss Calidore aus seinen träumereien und kündet ihm das nahen theurer freunde. Jetzt treibt er schleunig sein boot an; er achtet nicht mehr auf das lied der nachtigall und die träumerischen weissen schwäne. Seine gedanken eilen voraus. Bald ist er am landungsplatz, springt die marmorstufen hinauf und eilt durch's schloss in den hof, wo eben zwei streitrosse und zwei zelter durch den thorweg heraufkommen. Er küsst den damen die hand und hebt sie voll entzücken aus dem sattel, ohne sich sonderlich dabei zu beeilen, bis ihn die freundliche stimme des guten Sir Clerimond in die wirklichkeit zurückruft (vv. 52—108). Unter den pagen im fackelschein, die mähne seines stolzen rosses klopfend, steht ein ritter, eine hohe, stattliche erscheinung. Es ist der weitberühmte, tapfere Sir Gondibert, sagt Clerimond zu Calidore, während der ritter auf den knaben zuschreitet und ihm die bepanzerte rechte zum grusse reicht (vv. 109—33). Bald sitzen alle im traulichen gemach beisammen. Gondibert hat den panzer abgelegt, Clerimond schaut freundlich umher, und Calidore brennt vor begier, von ritterlichen thaten, edelmuth und beschützung lieblicher frauen zu hören; dabei drückt er einen so heissen kuss auf die hand jeder dame und hat solch männliches feuer in den augen, dass sie einander erstaunt anschauen und dann süss zu lächeln beginnen (vv. 134—51)! —

Das mag genügen. Es ist weichliches, sentimentales zeug, das uns hier als epische kost vorgesetzt wird. Calidore ist ein echt Keats'scher held, wie später Endymion: eine schwächliche, knabenhaft schwärmende gestalt. Das ganze gedicht ist nur eine matte nachbildung Spenser'scher romantik, durchtränkt von dem stil und der stimmung der »Rimini«. Auch das metrum ist stellenweise einfach unerträglich. Wirklich schön sind die zehn schlussverse des fragments, die mit wenigen zügen ein reizendes poetisches stimmungsbild entwerfen:

»Softly the breezes from the forest came,
Softly they blew aside the taper's flame;
Clear was the song from Philomel's far bower;
Grateful the incense from the lime-tree flower;

> Mysterious, wild the far heard trumpet's tone;
> Lovely the moon in ether, all alone:
> Sweet too the converse of these happy mortals,
> As that of busy spirits when the portals
> Are closing in the west; or that soft humming
> We hear around when Hesperous is coming.
> Sweet be their sleep.« (vv. 152—62.)

Keats that recht daran, dies epos unvollendet liegen zu lassen; es wäre hie etwas ordentliches daraus geworden. Er war noch nicht reif für die erbschaft Spenser's, das empfand er wohl selbst; es bedurfte noch verschiedener ansätze und versuche, bis er sich den· epischen stil vollständig aneignete. Bis jetzt steht er erst im vorhof sowohl der romantik wie des classischen alterthums; nur auf einem gebiete vermag er sich schon jetzt mit originaler meisterschaft poetisch auszudrücken, nämlich da, wo es auf naturschilderung ankommt. In der natur weiss er sich heimisch, fühlt er sich als meister. Desshalb heben sich die letzten zehn verse auch so auffallend von dem rest des gedichtes ab.

, Dieses stimmungsbild am schlusse von Calidore erinnert an eine grössere dichtung, die vermuthlich nicht lange nachher gedichtet wurde. An einem entzückenden sommertage, »als er bei dem thore stand, das von der batterie auf Hampstead Heath in ein feld am Caen Wood führt«, so berichtet uns Hunt[1]), kam dem dichter die anregung zu dem längeren gedicht »I stood tiptoe upon a little hill«, das den band von 1817 eröffnete. Es hat das treffende motto: »Places of nestling green for Poets made«, ein citat aus Hunt's »Story of Rimini«. Das gedicht lässt sich in drei abschnitte theilen: vv. 1—92 enthalten naturschilderungen aus unmittelbarer anschauung; daran schliessen sich in den vv. 93—180 allerhand phantasien in freier reihenfolge; der schluss endlich, vv. 181—242, behandelt die poesie des mondes und die sage von Endymion.

Im eingang finden wir den dichter an einem frischen sommermorgen auf einem hügel stehen. Die luft ist vollkommen ruhig und windstill; thautropfen hängen noch an den knospen. Die wolken, rein und weiss wie frischgeschorene lämmer, schlafen sanft auf den blauen gefilden des himmels. Ein unhörbares geräusch geht durch das laub: es ist die sprache des schweigens. Der

---

[1]) KW 4, 279.

blick des dichters schweift in die ferne über eine mannigfaltige
landschaft, die sein auge erfreut. Er fühlt sich in gehobener
stimmung und macht sich alsbald daran, einen blumenstrauss zu
pflücken. Es folgt nun eine aufzählung der verschiedenen blumen,
kräuter und büsche, die er um sich sieht; überall werden vergleiche
eingeflochten und subjective betrachtungen angeknüpft
(vv. 1—60).

Auf einer brücke über einen bach macht er halt, um in ruhe
dem spiel der wasser zuzuschauen, das er dann in anschaulicher
weise schildert:

>Linger awhile upon some bending planks
That lean against a streamlet's rushy banks,
And watch intently Nature's gentle doings:
They will be found softer than ring-doves' cooings (!).
How silent comes the water round that bend;
Not the minutest whisper does it send
To the o'erhanging sallows: blades of grass
Slowly across the chequer'd shadows pass.
Why, you might read two sonnets (!), ere they reach
To where the hurrying freshnesses aye preach
A natural sermon o'er their pebbly beds« u. s. w.

(vv. 61—71.)

Die anregung zu dieser schilderung, von der er selbst viel hielt,
hat Keats, wie er Clarke mittheilte [1]), von einer brücke bei Edmonton
empfangen, über deren geländer Clarke und er oft zusammen
lehnten. Jener sommermorgen auf Hampstead Heath hat also
keineswegs den vorwurf für das ganze gedicht abgegeben, sondern
nur für den anfang. Nachher lässt er seiner künstlerischen phantasie
freien spielraum und zieht auch andere bilder herein, wie
denn überhaupt das gedicht offenbar nicht auf einmal, sondern
nach und nach entstanden ist (vv. 61—92).

Es folgt nun ein ziemlich schwacher übergang. Wenn er an
solcher stelle seinen träumereien nachhängt, meint der dichter, so
möchte er durch nichts dabei gestört werden als höchstens durch
das süsse rauschen eines frauengewandes. Er malt sich das bild
aus: wie die schöne erschrecken und erröthen würde, wie er sie
sanft über den bach geleiten und sich weiden wollte an ihren
halb lächelnden lippen und ihrem auf den boden gehefteten blick
(vv. 93—106).

---

[1]) KW 4, 318.

Dann kommt wieder ein gedankensprung. Mit den worten: »*What next?*« greift der dichter auf v. 94 zurück: *What next might call my thoughts away?* Was könnte nächstdem meine träumereien unterbrechen und meine gedanken auf sich lenken? — Eine gruppe von nachtkerzen *(evening primroses)*, über denen der geist schweben könnte, bis er einschlummert, über denen er schlafen könnte, wenn er nicht durch das aufspringen der knospen oder durch das flattern von schmetterlingen oder durch den mond gestört würde, der seinen silberrand über eine wolke erhebt und langsam mit vollem glanze in's blau des himmels schwimmt (vv. 107—15).

Und jetzt ist der dichter bei seinem lieblingsthema: dem mond, den er in einer begeisterten apostrophe begrüsst:

> »O Maker of sweet poets, dear delight
> Of this fair world, and all its gentle livers:
> Spangler of clouds, halo of crystal rivers,
> Mingler with leaves, and dew and tumbling streams,
> Closer of lovely eyes to lovely dreams,
> Lover of loneliness, and wandering,
> Of upcast eye, and tender pondering!
> Thee must I praise above **all other glories**
> **That smile us on to tell delightful stories.**«
> (vv. 116—24.)

Aber er bleibt nicht lange bei der sache. Der letzte vers erweckt eine neue gedankenreihe in ihm: »denn was anders regt die weisen und dichter zum schaffen an, als das paradies der naturschönheiten?« (Die stelle ist wichtig für die beurtheilung der damaligen richtung von Keat's poetischem interesse.) Dieser gedanke wird im folgenden ausgeführt, zunächst allerdings in etwas unlogischer und höchst eigenartiger weise. Statt gleich beispiele für die einwirkung der natur auf die entstehung poetischer stoffe zu geben, springt er unerwartet zu dem correspondirenden gedanken über: wie die eindrücke der natur in dem fühlenden dichterherzen sich zu poetischen schöpfungen verdichten, so fühlt umgekehrt der leser bei der lectüre dieser dichtungen wieder die eindrücke der äussern natur, auf dem wege der ideenassociation. In der ruhigen erhabenheit eines schlichten verses sehen wir das wogen der bergestanne; und wenn eine erzählung schön und gemessen einher schreitet, erfüllt sie uns mit der sicherheit eines hagedornhains. Bewegt sie sich in üppigem fluge dahin, so verliert sich die seele in angenehmen, gedämpften gefühlen: rosen schlagen gegen unser antlitz, und blühender lorbeer wächst in strahlenden vasen; über dem haupte sehen wir jasmin, wilde rosen und duftige trauben, zu unsern füssen einen murmelnden bach u. s. w. (vv. 127—40). — Man kann gerade nicht behaupten, dass jeder mensch bei der lectüre einer erzählung derartige bilder aus der natur vor augen haben wird, ebenso wenig wie das farbenhören jedermanns sache ist. Um so interessanter ist diese stelle für die kenntniss von Keats' poetischem charakter. Sie zeigt, wie völlig er in der naturbetrachtung und naturschwärmerei lebt und aufgeht.

Und nun springt er wieder auf den gedanken zurück, dass alle weisen und dichter durch die schönheiten der natur zu ihren schöpfungen angeregt worden seien. Ohne sich des unlogischen übergangs weiter bewusst zu werden, führt der dichter im unmittelbaren anschluss an das eben gesagte jenen gedanken von vorhin in beispielen aus: so fühlte auch er, der zuerst die geschichte von Amor und Psyche erzählte, so auch die dichter der sagen von Pan und Syrinx, von Narcissus und Echo. Bei dem dritten beispiel führt er die entstehung der geschichte, so wie er sie sich denkt, in rationalistischer weise näher aus (vv. 141—80).

Und nun kommt er endlich zurück zu seinem mond und der Endymionsage, indem er als viertes beispiel seine auffassung von der entstehung der letzteren entwickelt. Sie geht ihm über alles: sie ist die süsseste aller geschichten, ewig frisch, ewig entzückend. Sie zaubert dem wandrer im mondenscheine gestalten aus der unsichtbaren welt vor, lässt ihn geheimnissvolle töne aus der luft vernehmen. Der dichter dieser erzählung muss die schranken der endlichkeit übersprungen haben und in ein wunderland eingedrungen sein, um Endymion zu suchen. Er muss nicht nur dichter, sondern auch liebender gewesen sein. Er stand auf dem gipfel des Latmos, während sanfte brisen aus dem myrthenthal herauf wehten und in schwachen, gemessenen, feierlichen tönen einen hymnus aus dem tempel der Diana empor trugen, indess der aufwallende weihrauch zu ihrer sternenwohnung stieg. Und wie sie so dastand mit heiterm, kindlichem gesicht und lächelnd auf das dargebrachte opfer herabschaute, ergriff mitleid mit ihr des dichters herz; es dauerte ihn, dass solche schönheit einsam verloren ging: und also gab er ihr ihren Endymion (vv. 181—204). — Das ist die entstehung des Endymionmythus nach Keats!

O könnte ich, liebliche königin der luft, so fährt er dann weiter fort, o könnte ich nur ein wunder deiner brautnacht erzählen! — Er versucht es — nicht ohne geschick, — einige wunderwirkungen derselben dichterisch zu verherrlichen, aber steht bald resignirt von dem versuche ab. Er fühlt, dass es seine jugendlichen kräfte noch übersteigt. »*Was there a poet born?*« — Mit dieser bedeutsamen, verzagenden frage bricht das gedicht ab (vv. 205—42).

Ich bin aus verschiedenen gründen ausführlicher auf den inhalt und die gliederung dieser dichtung eingegangen, obwohl sie als poetisches ganze sich kaum über eine achtenswerthe mittelmässigkeit erhebt. Sie ist in mancher beziehung typisch für den charakter der Keats'schen muse in dieser ersten und auch noch in der folgenden, der Endymion-periode; nach der vorstehenden analyse wird man sich leicht einen begriff von den vorzügen und schwächen derselben machen können.

Mangel an dichterischer phantasie kann man Keats nicht vorwerfen; im gegentheil, er leidet von anfang an eher an einem überreichthum von poetischen bildern, die sich alle mit ungestüm in den vordergrund des bewusstseins drängen und nach sprachlichem ausdruck verlangen. Was ihm fehlt, dass ist vielmehr die kritische sichtung und meisterung dieser bilder; er übt keine selbstkritik, lässt seiner phantasie gänzlich die zügel schiessen und vernachlässigt die strenge gliederung und den einheitlichen aufbau des gedichtes. Er schweift vom hundertsten ins tausendste und verliert fortwährend den faden, der unter den üppig wuchernden poetischen bildern überhaupt kaum zu erkennen ist. Was ihm gerade einfällt, das schreibt er nieder, wenn es nur glänzend und farbenprächtig ist. Und das gilt, wie gesagt, nicht nur von diesen ersten jugenddichtungen, das gilt in gleichem maasse auch noch vom Endymion. Freilich ist dieser fehler zweifellos besser als auf der andern seite unfruchtbarkeit der poetischen phantasie; er zeugt auf jeden fall von übersprudelnder kraft und lebensfrischer originalität, welche die grundvoraussetzungen aller wahrhaft grossen dichtwerke sind. Wir erkennen auch in dieser eigenart des jungen Keats deutlich den einfluss seines vorbilds Spenser und der übrigen elisabethanischen dichter mit ihrer genialen regellossigkeit.

Im einzelnen bietet das gedicht manche schönheiten, z. b. wenn v. 6 die thautropfen bezeichnet werden als »*those starry diadems Caught from the early sobbing of the morn*«; oder wenn es von dem geheimnissvollen flüstern heisst:

»There crept
A little noiseless noise among the leaves,
Born of the very sigh that silence heaves« (vv. 10—12);

oder wenn ein junges bäumchen, dass mit andern zusammen aus einem alten bemoosten stumpfe aufschiesst, folgendermaassen geschildert wird:

»The frequent chequer of a youngling tree,
That with a score of light green brethren shoots
From the quaint mossiness of aged roots« (vv. 38—40);

oder endlich das schöne bild des mondes, der sich über den wolkenrand erhebt:

»The moon lifting her silver rim
Above a cloud, and with a gradual swim
Coming into the blue with all her light« (vv. 113—15).

An solchen stellen zeigt sich schon die glückliche, gedrängte poetische kürze, die Keats in seinen reifen sachen so vor allen andern englischen dichtern seit Shakespeare auszeichnet.

Aber neben solcher echten poesie — oft aufs engste damit verschlungen — kommen dann wieder entsetzliche geschmacklosigkeiten vor, z. b. v. 228: »*Their dear friends, nigh foolish with delight*«, oder v. 27 f.:

»So I straightway began to pluck a posey
Of luxuries bright, milky, soft and rosy.«

Das beste beispiel für eine enge verbindung von geschmacklosem und schönem bietet jene früher citirte schilderung des baches. Der vergleich des sanften wirkens und webens der natur mit dem girren von turteltauben ist abgeschmackt und jedenfalls nur durch reimnoth veranlasst, die in Keats' jugendgedichten (und auch noch im Endymion) vielfach die veranlassung zu prosaischen und unpassenden gedankenverbindungen giebt. Und dann das pedantische »*you might read two sonnets*« unmittelbar neben der echt poetischen bezeichnung des bachgemurmels als natürliche predigt, die das eilende wasser ewig über dem kiesbedeckten grunde spricht!

Diese schilderung bietet zugleich eine treffliche probe von der ungemeinen feinheit und schärfe der naturbeobachtung und der minutiösen beschreibung, wodurch sich schon Keats' jugendschöpfungen auszeichnen. Zugleich tritt in dem ganzen gedichte wieder deutlich zu tage, was schon früher hervorgehoben wurde: dass es hauptsächlich das idyllische stillleben der pflanzenwelt, die friedliche ruhe eines sommertags, kurz, mehr die heiteren seiten der natur sind, für die sich Keats erwärmt. »*Places of nestling green for Poets made«* — in diesem schon oft citirten motto spricht sich der wesentliche inhalt dieses gedichtes, spricht sich seine ganze poetische naturauffassung am kürzesten und treffendsten aus.

Das gedicht ist fragment geblieben. Es war ursprünglich »Endymion« betitelt, wie aus einem erhaltenen, eigenhändigen concept des dichters hervorgeht. Es ist also als ein aufgegebener erster entwurf einer darstellung des Endymion-mythus aufzufassen, die er dann später in erweiterter form wirklich zur ausführung brachte. Auf diesen ersten entwurf spielt der dichter an, wenn er unterm 17. December 1816 an Cowden Clarke schreibt: »Ich habe in letzter zeit wenig an Endymion gearbeitet — ich hoffe, ihn in einem weiteren anlauf zu beenden.«[1])

Wirkte Leigh Hunt auf die entstehung und ausführung dieser ersten grösseren versuche des jungen Keats anregend ein, so that er auch auf andere weise alles, was er konnte, um den poetischen drang in ihm zu nähren und ihm die bahn zum ruhme zu öffnen. In einem aufsatz über »Junge dichter«, den er im »Examiner« vom 1. December 1816 veröffentlichte, sprach er sich sehr lobend über eine anzahl gedichte seines jungen freundes aus, die er im manuscripte gelesen habe; und er druckte bei dieser gelegenheit das sonett auf Chapman's Homer ab, welchem er bald (in den nummern vom 16. und 23. Februar und 1. und 16. März 1817) noch weitere sonette folgen liess. Vor allem führte er Keats in seinen ausgedehnten bekanntenkreis ein und eröffnete ihm dadurch einen ungemein anregenden verkehr mit anerkannten litterarischen und künstlerischen persönlichkeiten des damaligen London.

Zu diesem kreise gehörte zunächst ein junger dichter, John Hamilton Reynolds (1796—1852), der, obwohl ein jahr jünger als Keats selbst, doch bereits litterarisch hervorgetreten war. In dem erwähnten aufsatz im »Examiner« vom 1. December stellte Hunt Keats, Reynolds und Shelley neben einander. Wir wissen nicht, wann Keats zuerst mit Reynolds bekannt wurde. Jedenfalls war er bereits im winter 1816—17 intim mit ihm befreundet, wie seine briefe aus dieser zeit bezeugen. Reynolds' vater war schreiblehrer in Christ's hospital gewesen; er selbst war beamter bei einer versicherungsgesellschaft. Er wird uns geschildert als ein mann von zarter gesundheit und schwacher willenskraft, aber von glänzendem witz, liebenswürdigem charakter und ziem-

---

[1]) KW 3, 47.

lich bedeutendem dichterischen talent. Seine gedichte lenkten zum theil die aufmerksamkeit der ersten litterarischen grössen, wie Byron und Coleridge, auf sich. Man setzte damals grosse hoffnungen auf ihn; aber er hielt nicht, was er versprach. Er zog sich früh von der dichtung zurück, um als rechtsanwalt sein glück zu machen; freilich hatte er mit der juristerei ebenso wenig erfolg, wie mit der poesie. Im anfange seiner laufbahn auf gleicher höhe mit männern wie Keats und Shelley stehend, die wir heute zu den dichterischen grössen ersten ranges zählen, starb er im alter von 56 jahren als grafschaftssecretär zu Newport auf der insel Wight. Seine gedichte sind heute vergessen, und sein name lebt nur in verbindung mit Keats weiter. Reynolds war von anfang an ein begeisterter verehrer der Keats'schen muse; er hat auch wiederholt einen wohlthätigen einfluss auf den freund ausgeübt und zählt von jetzt an überhaupt zu dessen intimsten bekannten[1]).

Er wohnte bei seiner familie in Little Britain, einer nebenstrasse von Aldersgate Street hinter dem heutigen hauptpostamt. Der haushalt bestand nach dem tode des alten Reynolds aus folgenden fünf personen: 1. Mrs. Charlotte Reynolds, die mutter (1761—1848); 2. Miss Mariane Reynolds, später Mrs. Green (1793—1874); 3. Miss Jane Reynolds, später die gattin von Thomas Hood (1794—1846); 4. John Hamilton Reynolds (1796—1852); 5. Miss Charlotte Reynolds (1802—1884). Keats verkehrte bald sehr viel in diesem hause und stand mit allen mitgliedern desselben auf vertrautem fusse.

Wie John Hamilton Reynolds gehört auch dessen unzertrennlicher freund James Rice zu Keats' genossen aus dieser zeit. Er war ein junger rechtsanwalt von litterarischem geschmack und sprudelndem witz, stets kränkelnd, aber immer zufrieden, heiter und dienstbereit, von allen gern gesehen.

In Hunt's hause lernte Keats sodann anfang oder mitte November 1816 den maler Benjamin Robert Haydon (1786—1846) kennen[2]), der bald einen so bedeutenden einfluss

---

[1]) Vgl. über ihn Colvin a. a. o. 36 f.
[2]) Haydon hat uns selbst eine schilderung seiner bekanntschaft mit Keats hinterlassen. Dass seine erste begegnung mit letzterem in Hunt's hause stattfand, ergiebt sich aus Haydon's biographie 1, 331 (KW 4, 346), dass sie anfang oder mitte November 1816 erfolgte, aus einer bemerkung in Keats' brief an Clarke vom 31. October 1816: »Very glad am I at the thought of seeing so soon this glorious Haydon and all his creation«. (KW 3, 43. In Colvin's ausgabe p. 1.) Am 20. November 1816 schickt Keats bereits sein erstes sonett an Haydon, das der ausfluss einer unterredung am vorhergehenden abend ist.

auf ihn gewinnen sollte, dass selbst derjenige Hunt's zeitweise dahinter zurücktrat. Haydon hatte sich eben damals durch sein eintreten für die erhaltung der Elgin Marbles einen namen in ganz England gemacht. Als künstler war er sonst herzlich unbedeutend, obwohl er sich selbst für den prädestinirten meister der englischen zukunftsmalerei hielt. Er war energisch, fleissig, beredt und hatte sich durch sein grenzenloses selbstvertrauen und seine missachtung aller akademischen autoritäten, seine aufbrausende heftigkeit und beredtsamkeit in verbindung mit bedeutenden gesellschaftlichen talenten unter künstlern und dilettanten viele überzeugte oder halb überzeugte anhänger gewonnen. In wirklichkeit aber mangelte es ihm an aller originellen schöpferkraft und gestaltungsgabe. Sein wollen überstieg sein können um ein beträchtliches. Aber sein glühendes, enthusiastisches temperament gewann ihm viele freunde, die freilich meistens im laufe der zeit durch seine unglaubliche selbstüberhebung wieder abgestossen wurden. Er liebte es, den moralprediger zu spielen und sich als meister der frömmigkeit hinzustellen; dabei lebte er selbst grösstenteils auf andrer leute kosten und scheute sich nicht, bei denselben freunden, denen er moral predigte, betteln zu gehen. Eine stelle aus einem briefe aus dieser zeit charakterisirt ihn vortrefflich. »Niemals,« schreibt er, »habe ich so unwiderstehliche und beständige antriebe zukünftiger grösse gehabt. Ich habe mich gefühlt wie ein mann mit luftballons unter seinen achselhöhlen und äther in seiner seele. Beim malen, spazirengehen und denken verfolgten und spornten mich leuchtende blitzstrahlen von energie ... Sie kamen über mich und durchzuckten mich und schüttelten mich, bis ich mein herz erhob und gott dankte.«

Keats hat sich später von ihm abgewandt. Zunächst aber schlossen die beiden männer sich eng aneinander. Das feuer der begeisterung für kunst und poesie war es, das ihre herzen sich rasch finden liess. Am abend des 19. November hatte Keats eine lange unterredung mit Haydon — vielleicht die erste begegnung überhaupt. Am folgenden morgen schickte er Haydon sein erstes huldigungssonett »Great spirits now on earth are sojourn-

---

Im übrigen vgl. über Haydon: Life of B. R. Haydon. Edited and compiled by Tom Taylor. 3 vols. London 1853 (1. u. 2. aufl.). Die auf Keats bezüglichen stellen sind abgedruckt von Forman: KW 4, 346—58. — B. R. Haydon's Correspondence and Table-Talk. With a memoir by his son, F. W. Haydon. 2 vols. London 1876. — Ferner Colvin, Keats p. 40—44.

ing«¹). Es war unter dem überwältigenden eindruck jener unterredung entstanden, wie er in dem begleitenden briefe selbst bemerkt. In überschwänglicher weise wird darin Haydon mit Wordsworth und Hunt auf eine stufe gestellt, ja als zweiter Rafael gepriesen. Diese drei und manche andre vertreter der jüngeren generation seien berufen, der welt neue bahnen zu weisen:

>»These, these will give the world another heart,
>And other pulses. Hear ye not the hum
>Of mighty workings in the human mart?
>Listen awhile ye nations, and be dumb.«

Mit diesem ebenso poetisch schönen wie sachlich übertriebenen ausblick in die zukunft schliesst das gedicht²). Haydon bedankte sich umgehend und erbot sich, das sonett an Wordsworth zu schicken — ein anerbieten, das Keats »den athem benahm;« wie er sich ausdrückte. »Sie wissen,« schreibt er noch am gleichen nachmittag an Haydon, »mit welcher ehrerbietung ich ihm meine grüsse senden würde« ³).

Unbedeutender ist ein zweites huldigungssonett an Haydon, das nicht lange nachher entstanden sein dürfte: »Highmindedness, a jealousy for good« ⁴). Haydon war übrigens solche ovationen gewohnt. Nicht lange vorher hatte Wordsworth ihn in drei sonetten gefeiert; und angeregt durch jenes erste sonett von Keats, fühlte sich bald nachher auch John Hamilton Reynolds gedrungen, ihm seine huldigungen in einem bewundernden sonett zu füssen zu legen⁵).

Für Keats aber gingen aus dem verkehr mit Haydon noch zwei weitere sonette hervor. Haydon hatte den freund erklärlicher weise bald für sein steckenpferd, die Elgin Marbles, zu begeistern versucht. Aber Keats wurde sich nicht recht klar über die empfindungen, mit denen er dieselben betrachtete. Dem gefühle der unfähigkeit, sich ein abschliessendes urteil darüber zu bilden und ihnen die gebührende poetische würdigung angedeihen zu lassen,

---

¹) Vgl. Haydon: KW 4, 347.
²) Haydon machte den vorschlag, die worte »in the human mart« in der vorletzten zeile zu tilgen, und Keats ging leider darauf ein, womit er das sonett formell wie inhaltlich verstümmelte.
³) KW 3, 46. In Colvin's ausgabe p. 2.
⁴) Das sonett ist in der ausgabe vom frühjahr 1817 ohne datum abgedruckt und muss im winter 1816—17 entstanden sein. Dass es in dem bande von 1817 vor das vorige gestellt ist, hat wohl nur darin seinen grund, dass letzteres allgemeineren inhalts ist, jenes dagegen ausschliesslich auf Haydon geht.
⁵) Abgedruckt mit begleitbrief bei Forman: KW 3, 45 f., anm.

verlieh er ausdruck in den beiden sonetten über die Elgin Marbles: »Haydon! forgive me that I cannot speak« und »My spirit is too weak«. Sie sind höchst wahrscheinlich gegen ende Februar 1817 entstanden[1]) und erschienen im »Examiner« vom 9. März 1817[2]). Das zweite beginnt mit einem grossartigen, viel versprechenden bilde:

> »My spirit is too weak — mortality
> Weighs heavily on me like unwilling sleep,
> And each imagin'd pinnacle and steep
> Of godlike hardship, tells me I must die
> Like a sick Eagle looking at the sky.«

Es ist wie eine ergreifende ahnung seines vorzeitigen todes, die aus diesen versen spricht. Leider ist der fortgang des sonetts dieses erhabenen anfangs nicht würdig. Die gedichte sind im übrigen beide recht unbedeutend; sie sind nur interessant als zeugniss dafür, wie durch die bekanntschaft mit Haydon und den antiken kunstdenkmälern Keats' studium des klassischen alterthums einen neuen, mächtigen antrieb erhielt. Die beiden sonette sind in gewisser beziehung als ein vorspiel der classischen »Ode on a Grecian Urn« zu betrachten.

Im frühjahr 1817 erreichte die freundschaft mit Haydon ihren höhepunkt[3]). Das damalige verhältniss zwischen den beiden erhellt vortrefflich aus einem briefe Haydon's an Keats vom März 1817[4]). Mit seiner bizarren interpunktion, seiner unglaublichen syntax und seinen etwas konfusen gedankensprüngen bietet derselbe zugleich einen guten beleg für die impulsive, unklare kraftgenialität Haydon's. »Mein lieber Keats, die freunde, die mich umgaben, hatten verständniss für das talent, das ich besass, — aber niemand spiegelte meine begeisterung mit jener glühenden reife der seele wieder, mein herz lechzte nach sympathie, — glaube mir aus dem grunde meiner seele, in dir habe ich einen gefunden, — du schürst das

---

[1]) Haydon bedankte sich für die beiden sonette in einem briefe vom 3. März 1817 (abgedruckt von Forman: KW 2, 562; 3, 48, note). Aus diesem briefe geht zugleich hervor, dass das sonett »Haydon! forgive me« etc. in Keats' sendung an erster stelle stand. Haydon spricht nämlich von »dem hohen und enthusiastischen lob, mit dem Sie von mir in dem ersten sonett geredet haben«.
[2]) Gezeichnet »J. K.« Nachgedruckt von James Elmes in seinen »Annals of the Fine Arts« no. 8, April 1818, mit der vollen signatur »John Keats«. Neuerdings sind die sonette bei Forman: KW 2, 219 f., sowie in fast allen volksthümlichen ausgaben der gedichte abgedruckt.
[3]) S. die notiz in Haydon's tagebuch: KW 4, 349, anm. 1.
[4]) KW 3, 49, note.

feuer, wenn ich erschöpft bin, und erregst das ungestüm auf's neue — ich biete mein herz und verstand und erfahrung an — zuerst fürchtete ich, deine gluth möchte dich verleiten, die angesammelte weisheit von jahrtausenden in fragen der moral zu missachten — aber die gefühle, die du kürzlich äussertest, haben meine seele entzückt — achte immer princip für werthvoller als genie — und du bist gerettet — denn was das genie betrifft, so kannst du nie stürmisch genug sein .... Gott segne dich! Lass unsre herzen aufeinander begraben werden.«

Um diese zeit, im frühjahr 1817, machte Keats, gleichfalls durch Leigh Hunt's vermittlung, eine andre bekanntschaft, die zwar für seine geistige entwicklung von geringerer bedeutung, aber für die nachwelt ungleich interessanter ist als die eben genannten: er lernte Shelley (1792—1822) kennen, der ihm in seinem Adonais später ein unsterbliches denkmal setzen sollte [1]). Shelley kam nach dem selbstmorde seiner ersten frau und seiner vermählung mit Mary Godwin häufig ins Vale of Health hinaus; und hier traf er im frühjahr 1817 mit Keats zusammen. Hunt hat uns den eindruck geschildert, den die beiden aufeinander machten. Keats fand nicht so viel gefallen an Shelley wie dieser an ihm. Sein angeborener stolz und seine empfindlichkeit wegen seiner geringen herkunft liess ihn in jedem mann von rang und geburt eine art natürlichen feind sehen. Bei näherer bekanntschaft hätte er eigentlich Shelley's durchaus edelmüthigen, zartfühlenden charakter bald verstehen lernen sollen. Aber obwohl er ihn von jetzt an öfters bei Leigh Hunt traf, wurde er doch nie intim mit ihm, während Shelley seinerseits Keats sehr lieb gewann und hohe stücke von ihm hielt.

Wir sind unserer biographischen darstellung ein wenig voraus geeilt. Kehren wir noch einmal zu Haydon zurück. Dieser arbeitete zu jener zeit an einem grösseren gemälde »Christi einzug in Jerusalem«, in das er neben dem kopf Wordsworth's und andrer freunde auch Keats' portrait aufzunehmen gedachte [2]). Er hatte als studie dazu bereits im November 1816 in seinem tagebuch eine flüchtige federskizze von Keats entworfen, die des dichters kopf im profil zeigt. Auf einem andern blatte ist die

---

[1]) Ueber die bekanntschaft der beiden vgl. Hunt: KW 4, 296 f. — Haydon: KW 4, 349 f. und anm. 2.
[2]) Dieses gemälde befindet sich jetzt im museum von Philadelphia. Vgl. hierüber und über die skizze Forman: KW 1, p. XXXIV—XXXVI.

haltung der figur, für die der kopf bestimmt war, skizzirt. Der kopf selbst ist gut gelungen, wie ein vergleich mit einer uns erhaltenen maske des dichters zeigt. Nur die oberlippe ist zu eckig und die nase nicht massiv genug. Aber der scharfe blick des auges ist trefflich wiedergegeben. Genaue nachbildungen der beiden tagebuchblätter finden sich im 3. bande von Forman's grosser Keats-ausgabe [1]).

Fast genau aus derselben zeit, aus dem December 1816, stammt die kreideskizze von Severn [2]), das früheste der zahlreichen bilder, die dieser von Keats vor und nach dessen tode gemalt hat. Es wurde, wie Clarke uns bezeugt [3]), auf Keats' zimmer in der Poultry in wenigen minuten entworfen und ist wahrscheinlich das bild, von dem Keats in dem briefe an Clarke vom 17. December 1816 spricht [4]). Es scheint recht gut gelungen, ja, Clarke erklärt es geradezu für das vollkommenste von Keats' bildern [5]). Das original befindet sich jetzt in der Forster Collection des South Kensington Museum. Eine nachbildung desselben wurde zuerst 1828 für Leigh Hunt's buch »Lord Byron und Some of his Contemporaries« angefertigt, aber dieser stich ist nach Severn's eignem urtheil eine karrikatur. Ein ziemlich getreues facsimile bietet Forman als frontispice des 3. bandes seiner ausgabe.

Aus diesen beiden skizzen können wir uns eine vorstellung von Keats' persönlicher erscheinung in dieser zeit machen. Die schriftlichen schilderungen seiner freunde bieten uns weitere züge, die zur vervollständigung des bildes beitragen. Sie mögen hier eine stelle finden, obwohl sie sich nicht speciell auf diese periode, sondern allgemein auf die reiferen jahre des dichters beziehen [6]). Keats war unter mittelgrösse, wenig mehr als fünf englische fuss hoch. Er war kräftig gebaut, von untersetzter gestalt, mit verhältnissmässig sehr breiten schultern. Seine unteren gliedmassen waren kurz im vergleich zu den obern, seine hände welk, mit hervortretenden adern, so dass er selbst zu sagen pflegte, es sei die hand eines fünfzigers. Sein kopf war merkwürdig klein — »eine

---

[1]) Gegenüber s. 44 bezw. 64. Eine andere nachbildung s. bei Sharp: Life and Letters of J. Severn, p. 34.
[2]) Vgl. Forman: KW 1, p. XXXIV. XXXVI f.
[3]) KW 4, 334.
[4]) KW 3, 47. In Colvin's ausgabe p. 2.
[5]) KW 4, 334.
[6]) Vgl. hierzu Hunt: KW 4, 273—75. — Clarke: KW 4, 313. 314. 333 f. 336. — Haydon: KW 4, 346. 349. — Speed: Letters and Poems of J. K. I, p. XIII.

eigenthümlichkeit,« schreibt Hunt, »welche er mit Byron und Shelley gemein hatte, deren hüte ich nicht aufsetzen konnte.« Das gesicht war mehr lang als breit und zeigte eine eigenartige mischung von energie und sensibilität. Die züge waren scharf geschnitten und ungemein lebhaft, und der ganze gesichtsausdruck war nach dem schon erwähnten ausspruch von Clarke so auffallend, dass er die blicke der passanten in der strasse auf sich lenkte. Der einzige unschöne theil des gesichts war der mund, der etwas gross war und durch den vorspringenden oberkiefer einen kampflustigen charakter erhielt. Das kinn war kräftig entwickelt, die wangen eingefallen, die nase massiv und vortretend, die stirn nicht sehr hoch, aber breit und kräftig, von schönem, goldbraunem haar umrahmt, das in dichten locken den ganzen kopf bedeckte. Aus den grossen, dunkelbraunen, beinahe schwarzen augen leuchtete ein tiefes gefühlsleben und eine milde gluth; sie hatten einen göttlich inspirirten, nach innen gerichteten blick, »wie eine delphische priesterin, die visionen sah«[1]). »Keats war der einzige mensch, den ich je traf,« sagt Haydon, »dem man das bewusstsein eines hohen berufs ansah, ausser Wordsworth.«

Es erübrigt noch, auf verschiedene dichterische productionen einzugehen, die vorzugsweise dem zweiten theile dieses fruchtbaren winters 1816—1817 angehören. Am weihnachtsabend 1816 entstand ein gedicht, das ein ziemlich grelles streiflicht auf Keats' religiöse anschauungen in dieser zeit wirft: das sonett »Written in Disgust of Vulgar Superstition,« beginnend *The church bells toll a melancholy round*[2]). Es spricht sich radikal genug gegen kirchenbesuch, gebet und predigt aus und beweist, dass Haydon nicht ohne grund fürchtete, Keats werde sich durch die freigeisterei Hunt's zu sehr anstecken lassen. Man möchte glauben, der menschliche geist sei von einem schwarzen zauber umstrickt, meint der dichter, wenn man sieht, wie die menschen sich von den traulichen, häuslichen freuden und geistigen genüssen losreissen, um in der kirche dem schrecklichen ton der predigt zu lauschen und sich düstern gedanken hinzugeben. Der melancholische klang der glocken

---

[1]) Haydon: KW 4, 346. 349.
[2]) KW 2, 215. — Unter obigem titel findet es sich in Tom Keats' notizbuch, wo es datirt ist »Sunday Evening, Dec. 24, 1816«. Die angabe der Aldine Edition »Written on a Summer Evening« ist demnach nicht richtig. Auch der inhalt (fire side joys) verweist es in den winter.

würde mich mit einem grabesschauer erfüllen, wenn ich nicht wüsste, dass er bald erstorben sein wird,

>>that fresh flowers will grow
And many glories of immortal stamp.<<

In merkwürdigen gegensatz hierzu stellt sich ein andres sonett, »As from the darkening gloom a silver dove,« das zuerst von Lord Houghton in der Aldine Edition von 1876 mit dem datum 1816 abgedruckt ist[1]). Es ist ein lied auf einen verstorbenen — wen? wissen wir nicht. Die seele des todten, heisst es, ist in das reich der ewigen liebe aufgestiegen und stimmt jetzt in den gesang der himmlischen heerschaaren ein oder durcheilt auf das geheiss des allmächtigen als engel die lüfte. Kann es eine grössere freude geben? Also warum sollten wir klagen und uns dem gram überlassen? — Will man den inhalt dieses mit dem des vorhergehenden sonetts zusammen reimen, so wird man annehmen dürfen, dass Keats in dieser periode die äusseren formen und bethätigungen des religiösen lebens aufgegeben hatte, während er an dem glauben an gott und unsterblichkeit noch festhielt.

Von dem gebiet der politik hält sich die Keatsische muse, wie schon früher erwähnt, im allgemeinen geflissentlich fern. In dem sonett »To Kosciusko« aus dem December 1816[2]) wird dasselbe seit längerer zeit zum ersten male wieder gestreift. Aber wie in dem sonett auf die freilassung Leigh Hunt's, ist es auch hier weniger der politiker als der freiheitsheld Kosciusko, den Keats in dem — übrigens poetisch unbedeutenden — sonett besingt. Von den grossen männern der weltgeschichte waren es vor allem die märtyrer der freiheit, die Keats interessirten. Der Römer Brutus, der Schweizer Tell, der Schotte Wallace werden auch in andern gedichten, z. b. den episteln an Mathew und Clarke, gepriesen. In der englischen geschichte scheint Alfred der grosse sein besonderer liebling gewesen zu sein; er wird stets in der reihe der freiheitshelden mit genannt, und sein name wird auch in dem vorliegenden gedicht mit dem des Polen Kosciusko verbunden. Das sonett ist übrigens, wie das »On the Grashopper and Cricket«, wahrscheinlich aus einem turnier mit Leigh Hunt hervorgegangen, der gleichfalls ein sonett auf Kosciusko gedichtet

---

[1]) Ich weiss nicht, auf welche autorität hin Houghton dieses gedicht als authentisch aufgenommen hat.

[2]) Zuerst veröffentlicht im »Examiner« vom 16. Februar 1817, wo es datirt ist »Dec. 1816«.

hat. Die anregung dazu gab vermuthlich ein bild, das in Hunt's studierzimmer hing.

Ebenso wenig wie die politik nimmt der patriotismus einen breiteren raum in Keats' gedichten ein. Keats ist niemals chauvinist gewesen. Er war ein guter Engländer; er liebte und verehrte sein vaterland, das mit seinen reizenden landschaftsbildern und seinen romantischen erinnerungen einen so tiefgreifenden einfluss auf seine poetische entwicklung übte. Aber er war doch eine zu kosmopolitische natur, zu sehr reiner dichter, als dass er sich durch nationale grenzen hätte einengen lassen. Er hatte etwas von jenem weltbürgerthum an sich, welches die blütheperiode unserer deutschen literatur in jenem zeitalter auszeichnete und seine wurzeln in dem studium des classischen alterthums hatte. Das verband ihn mit Coleridge, Byron, Shelley, das schied ihn von Wordsworth und so vielen andern englischen dichtern. Die natur seines vaterlandes kannte er, wie kein zweiter, in ihrem innersten wesen. Deshalb trieb es ihn jetzt hinaus in die welt: er sehnte sich, die grossartigkeit der Alpennatur und den ewig heitern himmel Italien's mit eignen augen zu schauen. Diesem drang nach dem süden hat er in dem schönen sonett »Happy is England!«¹), dem letzten und einem der formvollendetsten unter den 17 sonetten des bandes von 1817, einen meisterhaften ausdruck verliehen:

»Happy is England! I could be content
  To see no other verdure than its own;
  To feel no other breezes than are blown
Through its tall woods with high romances blent:
Yet do I sometimes feel a languishment
  For skies Italian, and an inward groan,
  To sit upon an Alp as on a throne,
And half forget what world or wordling meant.
Happy is England, sweet her artless daughters;
  Enough their simple loveliness for me,
  Enough their whitest arms in silence clinging:
Yet do I often warmly burn to see
  Beauties of deeper glance, and hear their singing,
  And float with them about the summer waters.«

Sein wunsch ist erfüllt worden. Er kam nach Italien — aber ein kranker mann. Was er sich als hoffnungsfroher jüngling von dieser reise erträumt hatte, konnte er nicht mehr geniessen. Er sah Neapel und Rom, aber nur um dort zu sterben!

---

¹) Ueber die entstehung und datirung desselben ist uns gar nichts bekannt.

An einem schönen Januartage, der auf eine lange periode winterlicher unwirthlichkeit und trübsal folgte, dichtete er das reizende sonett »After dark vapors« (31. Januar 1817)[1]), welches das vorige, wenn auch nicht an formvollendung, so doch an fülle und zartheit der poetischen bilder weit übertrifft und schon ganz an die prägnanz des ausdrucks in seiner reifeperiode erinnert.

> After dark vapors have oppress'd our plains
>   For a long dreary season, comes a day
>   Born of the gentle South, and clears away
> From the sick heavens all unseemly stains.
> The anxious month[2]), relieved from[2]) its pains,
>   Takes as a long-lost right the feel of May;
>   The eyelids with the passing coolness play
> Like rose leaves with the drip of Summer rains.
> And calmest thoughts come round us; as of leaves
>   Budding — fruit ripening in stillness — Autumn suns
> Smiling at eve upon the quiet sheaves —
> Sweet Sappho's sheek — a sleeping infant's breath —
>   The gradual sand that through an hour-glass runs —
> A woodland rivulet — a Poet's death.

Diese bilder sind zugleich charakteristisch für die bahnen, in denen sich die phantasien des dichters gewöhnlich bewegten. Sie kehren fast alle auch an anderen stellen wieder.

Bald nachher entstand das reizende sonett »This pleasant Tale is like a little copse«. Es ist von ähnlicher zartheit des poetischen ausdrucks wie das vorige und liefert uns zugleich wieder ein beispiel rascher, schlagfertiger komposition. Ueber seine entstehung sind wir durch Clarke genau unterrichtet[3]). Es war im Februar 1817, zu der zeit, wo Keats die herausgabe seines ersten bändchens gedichte vorbereitete. Clarke hatte Keats in seiner wohnung in der Poultry aufgesucht und ihn beschäftigt gefunden; er setzte sich deshalb aufs sofa und nahm sein taschenexemplar von Chaucer zur hand, um das gedicht »The Flowre and the Lefe« zu lesen. Durch einen langen spaziergang ermüdet, schlief er ein. Als er erwachte, lag das buch noch vor ihm, aber auf dem freien raum am ende des gedichts fand er von Keats' hand das obige sonett eingetragen. Keats hatte, während

---

[1]) KW 2, 216. Das gedicht wurde zuerst veröffentlicht im Examiner vom 23. Februar 1817. Die datirung stammt von Woodhouse, der sie jedenfalls vom dichter selbst hatte (vgl. Forman: KW 1, p. L*).
[2]) *mouth* (nicht *month*) und *from* finden sich in einer abschrift Woodhouse's, vgl. Forman a. a. o.
[3]) KW 2, 558 f.; 4, 319.

jener schlief, das gedicht, das später eins seiner lieblingsgedichte wurde, zum ersten male gelesen und dem tiefen eindruck, den es auf ihn machte, in dem sonette ausdruck verliehen. Hunt fand es »exquisite« und druckte es im »Examiner« vom 16. März 1817 ab'). In den band von 1817 wurde es merkwürdigerweise nicht aufgenommen. Die späteren herausgeber jedoch haben ihm meist den gebührenden platz unter den gedichten des frühverstorbenen angewiesen. Die ursprüngliche fassung, die einige abweichungen von derjenigen unsrer heutigen ausgabe zeigt, ist, soviel ich sehe, noch nirgends veröffentlicht. Ich gebe deshalb nachstehend einen getreuen abdruck derselben aus dem Chaucer-exemplar Clarke's, das sich gegenwärtig im Britischen museum befindet²). Die abweichungen von dem text der Forman-ausgabe sind schräg gedruckt.

> This pleasant *T*ale is like a little copse
> The honied lines *do* freshly interlace
> To keep the *R*eader in so sweet a place
> So that he here and there full-hearted stops
> And oftentimes he feels the dewy drops
> Come cool and suddenly against his face
> And by the wand*r*ing *M*elody may trace
> Which way the tender-legged *L*innet hops —
> O what a *P*ower ha*th* white *S*implicity!
> What mighty Power has this gentle story
> I that *for ever* feel *athirst* for glory
> Could at this *M*oment be content to lie
> Meekly upon the *G*rass as those whose sobbings
> Were heard of *N*one beside the mournful *R*obins.
> J. K. Feby. 1817.

Alle diese sonette waren blumen, die der dichter gelegentlich im vorübergehen am wege pflückte. Seine hauptthätigkeit galt damals einer grösseren dichtung, »Sleep and Poetry« betitelt. Sie beschliesst den band von 1817 und ist unter den längeren dichtungen desselben wohl nicht nur die jüngste, sondern, wie

---

¹) KW 2, 217 f. u. note.
²) Dasselbe trägt folgenden titel: The Poetical Works of Geoff. Chaucer. In 14 vols. (In 7 bände zusammen gebunden.) Edinburg 1782. 18°. Es gehört zu Bell's Edition der Poets of Great Britain, from Chaucer to Churchill. — Auf der innenseite des deckels des 1. bandes findet sich von Clarke's hand die notiz: »At the end of the 'Flower & the Leaf' is the original MS. of Keats' sonnett. vol. XII. C.C.C.« Und im 12. bande findet sich unten auf s. 104, unter dem »Finis« von »The Floure and the Leafe«, in kleiner, deutlicher schrift das sonett in des dichters eigener hand, ohne jede correctur, gezeichnet: »J. K. Feby. 1817«. Diese signatur, wie die zwei letzten zeilen des sonetts stehen unten auf s. 105, weil auf s. 104 kein raum mehr war.

schon Hunt mit richtigem urtheil hervorhob, zugleich auch die bedeutendste. Keats scheint sie gleich nach abschluss oder noch während der arbeit am Endymionfragment, etwa im December 1816, in angriff genommen und in den ersten monaten des folgenden jahres beendet zu haben. Sie bezeichnet zweifellos einen wesentlichen fortschritt gegenüber den episteln, der Induction, Calidore und I stood tip-toe. Der titel ist gerade nicht sehr glücklich gewählt. Der schlaf spielt eine verhältnissmässig geringe rolle in der dichtung; sie entwickelt mehr des dichters damalige poetische anschauungen und absichten und seine stellung zu den früheren und zeitgenössischen strömungen der englischen literaturgeschichte.

Was ist milder, fragt der dichter im eingang, als ein sommerwind, wohlthuender als das gesumme der bienen, ruhiger als eine rose auf grünem eiland, geheimer als ein nachtigallennest u. s. w.? — Der schlaf! (vv. 1—18.) Aber was ist noch unendlich höher als der schlaf und alle reize der natur? — Die poesie! (vv. 19—46.)[1] Dir, o poesie, gilt mein lied, obwohl ich mich noch nicht zu den bürgern deines himmlischen reiches zählen kann. Sende mir einen berauschenden hauch aus deinem heiligthum: so werde ich entweder eines köstlichen todes sterben als opfer für Apoll, oder, wenn ich die überwältigende kraft desselben vertragen kann, so wird er mir visionen von allen plätzen auf erden vorzaubern:

»A bowery nook
Will be elysium — an eternal book
Whence I may copy many a lovely saying
About the leaves, and flowers — about the playing
Of nymphs in woods, and fountains; and the shade
Keeping a silence round a sleeping maid.«

Auch an meinem häuslichen herd wird die phantasie poetische bilder entdecken, in denen ich mich ergehen kann[2]). Danach würde ich die ereignisse dieser welt in angriff nehmen und nicht ablassen, bis ich mir die unsterblichkeit erobert hätte (vv. 47—84).

---

[1] In einem versuch über Keats von Robert Bridges (John Keats. A Critical Essay. London 1895, Laurence & Bullen. 8°. p. 97), der mir während des druckes zugeht, erklärt der verfasser (p. 24), im anschluss an Mrs. Owen's buch über Keats, den schlaf in unserm gedicht als symbol für den unerwachten zustand des menschlichen geistes und die poesie als symbol für den bewussten. Ich muss gestehen, dass ich für eine derartige erklärungsweise nirgends einen anhalt finden kann.

[2] *A bowery nook* und die *fireside joys* — es sind die beiden motive, die bei Keats wie bei Hunt immer wiederkehren, dieselben motive, die auch dem sonett auf den grashüpfer und die cikade zu grunde liegen.

Aber inmitten dieser pläne kommt dem dichter der gedanke an die kürze des menschlichen lebens:

> »Stop and consider! life is but a day;
> A fragile dew-drop on its perilous way
> From a tree's summit.«

Doch er rafft sich sofort wieder auf:

> »Why so sad a moan?
> Life is the rose's hope while yet unblown;
> The reading of an ever-changing tale;
> The light uplifting of a maiden's veil;
> A pigeon tumbling in clear summer air;
> A laughing school-boy, without grief or care,
> Riding the springy branches of an elm.« (v. 85—95.)

O, nur zehn jahre, und ich würde meine pläne verwirklichen! Dann wollte ich mich nach herzenslust tummeln in dem reiche der griechischen götterwelt; ich wollte mich auf den flügeln der phantasie himmelwärts schwingen und würde die schattenhaften gestalten menschlicher freude, menschlichen jammers, menschlicher leidenschaften vor meinem blicke vorüber ziehen lassen (vv. 96—154). Aber dies traumbild entflieht. Die wirklichkeit macht sich doppelt stark fühlbar und sucht meine seele in ihren bann zu ziehen. Sie soll mir nichts anhaben; ich werde meinen geist nicht in fesseln schlagen lassen (vv. 155—62).

Darf denn die phantasie in unserer zeit nicht mehr frei umher fliegen, wie sie es einstmals that? In früheren tagen hat sie uns alles, von dem himmelsraum bis zu dem leisen hauch springender knospen gezeigt. England war der hochsitz der musen. Und jetzt? — Alles ist in formalismus und barbarei versunken! Und nun folgt ein scharfer angriff auf Pope und den pseudoclassicismus.

> »Men were thought wise who could not understand
> His [i. e. Apollo's] glories: with a puling infant's force
> They sway'd about upon a rocking horse,
> And thought it Pegasus. Ah dismal soul'd!
> The winds of heaven blew, the ocean roll'd
> Its gathering waves — ye felt it not. The blue
> Bar'd its eternal bosom, and the dew
> Of summer nights collected still to make
> The morning precious: beauty was awake!
> Why were ye not awake? But ye were dead
> To things ye knew not of, — were closely wed
> To musty laws lined out with wretched rule.«

Man sieht, wie ernst es ihm um die bekämpfung dieser französischen schule zu thun ist. Wie Cowper Pope vorwarf, er habe die poesie zu einer blossen mechanischen kunst erniedrigt, so sagt Keats von seinen jüngern, sie seien »handwerker, die die maske der poesie trügen.« (vv. 162—206.)

Was mögen die geister der grossen dichter der vergangenheit beim anblicke dieser dinge gedacht haben? fragt er weiter. — Aber weg mit den gedanken an diese traurige zeit; es blüht ja jetzt ein schönerer frühling. Und nun folgt eine erörterung der verdienste und schwächen der seedichter. Sie haben die poesie zur natur zurück geführt, aber ihre themen sind manchmal sehr unpoetisch. Sie verwechseln kraft und poesie. Kraft allein

»Is like a fallen angel: trees uptorn,
Darkness, and worms, and shrouds, and sepulchres
Delight it; for it feeds upon the burrs,
And thorns of life.«

Poesie dagegen »*is might half slumb'ring on its own right arm*«; sie soll die sorgen der menschen lindern und ihre gedanken erheben (vv. 206—47). Doch ich freue mich: die poesie erhebt wieder ihr haupt:

»A myrtle fairer than
E'er grew in Paphos, from the bitter weeds
Lifts its sweet head into the air, and feeds
A silent space with ever sprouting green.
All tenderest birds there find a pleasant screen.«

Sorgen wir also dafür, dass die erstickenden dornen um das zarte stämmchen entfernt werden, damit es kräftig gedeiht. Möge es mir vergönnt sein, vor meinem tode noch die früchte zu sehen (vv. 248—69).

Aber ist es nicht anmaassung von mir, so zu sprechen? Sollte ich bei meiner jugend mich nicht scheu verbergen? — Nein. Wenn mir auch an weisheit und erfahrung manches noch abgeht, so schwebt mir doch ein klares, bestimmtes bild von zweck und zielen der poesie vor; und ich wäre ein feigling, wollte ich meine gedanken nicht aussprechen. Lieber wollte ich mir von der sonne das wachs meiner dädalischen flügel schmelzen lassen und in die tiefe stürzen (vv. 270—304). Freilich breitet sich vor mir ein ocean von mühsal und arbeit. Es ist eine gewaltige aufgabe; aber zurücktreten kann ich unmöglich. Ich will zur erholung bei leichteren gedanken verweilen. In dieser tonart hat das gedicht begonnen, in dieser möge es auch ausklingen. — Er kommt dann auf die freundschaft und ihre freuden zu sprechen und erzählt von den schönen stunden, die er in »*a poet's house who keeps the keys of pleasures temple,* d. h. Leigh Hunt's, verlebt habe; wie er sich eines abends nach stunden angeregter unterhaltung auf sein lager hinstreckte, das im studierzimmer des freundes für ihn aufgeschlagen war, und noch einmal die eindrücke des tages an seinem geiste vorüberziehen liess. Er konnte den schlaf nicht finden, und in dieser nacht kamen ihm viele von den poetischen gedanken dieses gedichts. Die bilder und büsten rings an den wänden erregten seine dichterische phantasie, und er berichtet uns von den vorstellungen, die sie in ihm erweckten[1]). Ehe er sich's versah, war es morgen geworden; er erhob sich erfrischt und gestärkt von dieser schlaflosen nacht mit dem vorsatz, noch am selben tage die vorliegenden verse zu beginnen (vv. 304—404).

Mit diesem gedicht, das in gewissem sinne das poetische programm des dichters enthält, haben wir die reihe der jugendgedichte erschöpft. Die dichtung enthält nach form und inhalt noch sehr viel mangelhaftes und unreifes; sie steht ganz unter dem einflusse Leigh Hunt's; aber sie bietet zugleich doch schon manches, das den späteren Keats ahnen lässt.

Inzwischen drängten ihn seine freunde immer entschiedener zur veröffentlichung seiner gedichte. Die gebrüder Ollier, die er im herbst 1816 kennen gelernt zu haben scheint[2]), erklärten sich bereit, den verlag zu übernehmen; und so arbeitete denn Keats in den ersten monaten des jahres 1817 eifrig an der drucklegung. Die letzten correcturbogen wurden ihm eines abends in lustiger gesellschaft auf seinem zimmer in der Poultry überreicht mit dem bemerken, wenn er noch eine widmung hinzufügen wolle, müsse sie sofort eingesandt werden. Er setzte sich beiseite an einen tisch und dichtete inmitten lebhafter unterhaltung das widmungssonett »To Leigh Hunt Esq.« mit dem poetischen, viel versprechenden anfang und dem schwachen, überschwänglichen schluss. Clarke, der uns diese episode berichtet hat, fügt hinzu, Keats habe kein wort an dem sonett geändert und es noch am selben abend zum verleger getragen[3]).

---

[1]) Hier findet sich wieder die eigenthümliche verbindung Kosciusko's mit Alfred dem grossen, die auch in dem sonett auf Kosciusko begegnet. Sie wurde wahrscheinlich veranlasst durch entsprechende bilder in Hunt's zimmer.

[2]) Am 31. October 1816 schreibt Keats an Clarke: »I pray thee let me know when you go to Ollier's and where he resides«. Damals also kannte er die brüder noch nicht. Mit einem derselben, Charles Ollier, wurde er dann bald näher befreundet, wie ein huldigungssonett desselben auf Keats vom 2. März 1817 beweist (KW 1, 347).

[3]) Clarke: KW 4, 317.

8. Der band von 1817 und seine aufnahme.

Mit dieser widmung an Leigh Hunt auf der stirn, mit dem bildniss Spenser's und einem citat aus seinem Muiopotmos:

> »What more felicity can fall to creature,
> Than to enjoy delight with liberty«

als motto auf dem titelblatt, trat das bändchen unter dem titel »Poems, by John Keats« im März 1817 vor's publicum[1]). Durch diese tribute an Spenser und Hunt sind die haupteinflüsse, unter denen die gedichte dieses bandes stehen, treffend gekennzeichnet. Der einfluss Spenser's ist überall gegenwärtig; allerdings tritt er weniger in form und stil, als in dem stoff und geist der gedichte hervor. Wörtlich entlehnt aus Spenser ist in diesen jugendgedichten wohl nur das wort »teen« (Imitation of Spenser 22) und der vers »*And make a sun-shine in a shady place*« (Ep. to Mathew 75). Auf figuren und namen Spenser'scher dichtungen, wie Una, Archimago, Calidore, Mulla u. a., wird verschiedentlich angespielt. In der »Imitation of Spenser« ist ausser der ganzen romantischen stimmung auch die strophenform auf Spenser's einfluss zurückzuführen. Calidore und die Induction dazu sind gleichfalls dem stile Spenser's nachgebildet, dem ausserdem ja noch ein besonderes huldigungssonett gewidmet ist.

Aber seit dem erscheinen der »Story of Rimini« (frühjahr 1816) wirkt Spenser mehr durch das medium Leigh Hunt's hindurch auf Keats. Dieser wagt es vorläufig nicht mehr, den elisabethanischen meister direct nachzuahmen, sondern nimmt Hunt als mit an, wie er es in der früher erwähnten stelle der Induction (vv. 49—68) selbst klar und bündig ausspricht. Ja, der einfluss des verfassers der »Rimini« wird bald so stark, dass er in der nächsten zeit denjenigen des dichters der »Faerie Queene« geradezu

---

[1]) Einen genauen abdruck dieses bandes giebt Forman in seiner ausgabe I, 1—102. — Die zeit des erscheinens ergiebt sich ungefähr aus dem später zu erwähnenden briefe der brüder Ollier an George Keats vom 29. April 1817. — Der undatirte brief an Reynolds, den Colvin, Letters p. 3, abdruckt, geht meiner ansicht nach nicht, wie Colvin meint, auf Reynolds' sonett an Keats vom 27. Februar 1817, sondern auf ein urtheil von Reynolds über den band von 1817. Die bemerkungen über die bekannten, die sich den bart kratzen werden, spricht für diese deutung. Aber der brief ist undatirt und kann sich möglicherweise auch auf eine spätere periode und etwas ganz anderes beziehen.

überwiegt. Keats' stellung zu den verschiedenen strömungen und schulen der vaterländischen litteratur, wie er sie in »Sleep and Poetry« entwickelt: die verehrung der Elisabethaner, die scharfe opposition gegen Pope und den pseudoclassicismus und die theilweise anerkennung der bestrebungen der seeschule, entspricht durchaus Leigh Hunt'schen anschauungen und ist durch den verkehr mit diesem zweifellos wesentlich beeinflusst worden. In der verehrung Spenser's begegneten sich beide; und Keats' vorliebe für lauschige winkel im schwellenden grün (*woven bower, bowers fair, woven boughs, shady bower, boughs pavillion'd* u. s. w.), wie für die romantik des ritterthums, die durch Spenser genährt war, wurde durch den einfluss Hunt's noch wesentlich gestärkt. Ist doch auch das motto der ersten dichtung »*Places of nestling green for poets made*« der »Story of Rimini« entnommen. Auch Keats' politische freiheitsliebe erfuhr durch den einfluss Hunt's eine entschiedene förderung und festigung. Die sonette auf die freilassung Hunt's und auf Kosciusko, sowie verschiedene stellen der episteln zeugen davon, und Libertas-Hunt wird mehrere male direct erwähnt. — Vor allem aber zeigt sich der Hunt'sche einfluss nach der formellen seite in der ausgesprochenen bevorzugung des heroischen couplets und der freiheitlichen behandlung desselben. Enjambement und reimbrechung werden reichlich angewandt, namentlich in »Sleep and Poetry«, wo die reimbrechung geradezu regel ist[1]). Triplets[2]) und unregelmässige, kürzere und längere verse[3]) kommen öfter vor. Vor allem aber sind die klingenden reime ausserordentlich häufig[4]). Nun sind allerdings diese eigenthümlichkeiten wohl nicht alle auf rechnung des Hunt'schen einflusses zu setzen; denn sie finden sich, wie bereits früher erwähnt, auch schon in der epistel an Mathew, die vor der bekanntschaft

---

[1]) Vgl. besonders vv. 95 f., 121 f., 229 f., 247 f., 269 f., 311 f., wo die reime durch bedeutendere absätze gebrochen werden.
[2]) Z. b. in der epistel an Mathew 65—67; an Clarke 35—37, 92—94; in Calidore 25—27, 70—72, 113—15.
[3]) Sechstakter: Ep. to Mathew 93; Calid. 144. — Dreitakter: Induct. 58; Calid. 12, 72, 84, 92, 144; I stood tip-toe 48, 50, 184.
[4]) In der epistel an Mathew sind unter 93 versen 26 klingende reime, d. h. über $1/4$ aller; in der epistel an George Keats unter 142 versen 34 klingende reime, d. h. fast $1/4$ aller; in der epistel an Clarke unter 132 versen 42 klingende bezw. gleitende reime, d. h. fast $1/3$ aller; in der Induction und Calidore unter 229 versen 34 klingende reime, d. h. über $1/7$; in I stood tip-toe unter 242 versen 50 mit klingenden reimen, d. h. über $1/5$ aller; in Sleep and Poetry endlich unter 404 versen 60 mit klingenden reimen, d. h. über $1/7$.

mit Hunt und vor dem erscheinen der »Rimini« gedichtet wurde. Aber obschon Keats unabhängig von Hunt auf dieselben freiheitlichen bahnen in der behandlung des heroischen couplets gerathen zu sein scheint, so hat doch Hunt's einfluss in dieser hinsicht jedenfalls bestärkend gewirkt. — Ganz entschieden macht sich dieser ferner in der sprache bemerklich, welche unter der einwirkung der »Rimini« vielfach einen sehr prosaischen, saloppen, trivialen charakter annimmt. Wir haben wiederholt gelegenheit gehabt, beispiele dafür zu citiren. Auf Hunt's einfluss gehen auch die eigenthümlichen adverbien auf -*ly* von participien präsentis, wie *droopingly*, *slantingly* u. s. w., zurück[1]). Ein interessantes beispiel der vereinigung Spenser'schen und Hunt'schen einflusses endlich bietet das fragment Calidore mit der Induction, wo Keats, wie früher bemerkt, den geist der »Faerie Queene« in die form der »Rimini« zu kleiden versuchte.

Unter den älteren dichtern hat Keats zunächst Chaucer schon ziemlich früh studirt; aber ein merklicher einfluss desselben lässt sich, wenigstens bei den gedichten dieser periode, nicht nachweisen, wenn auch die lectüre des (freilich jetzt als unecht erwiesenen) gedichtes »The Flowre and the Lefe« die anregung zu einem hübschen sonett gegeben und das motto für »Sleep and Poetry« geliefert hat.

Von den Elisabethanern neben Spenser hat Keats Shakespeare schon als schulknabe gelesen; aber ein bestimmter einfluss desselben ist ebenfalls nicht nachweisbar, so gross auch Keats' verehrung für ihn war. Chapman, mit dessen Homerübersetzung er 1815 durch Clarke bekannt wurde, hat einen mächtigen eindruck auf den jungen dichter gemacht; aber eine beeinflussung durch dessen sprache macht sich erst später in entschiedener weise bemerkbar. Browne's Britannia's Pastorals lieferten das motto zu den episteln. Die lectüre derselben hat, wie an anderer stelle ausgeführt wurde, wahrscheinlich auch den ersten anstoss für die wahl des heroischen couplets gegeben; auch die zweisilbigen reime hat nächst Hunt und Keats kein dichter in

---

[1]) W. T. Arnold hat in der vorrede zu seiner ausgabe p. XXVI—XXX zuerst auf diesen punkt aufmerksam gemacht. — Beispiele: *blushingly* (Sleep and Poetry 336), *cherishingly* (ebenda 373), *droopingly* (I stood 4), *invitingly* (Calid. 31), *lingeringly* (Calid. 5), *refreshingly* (Calid. 16), *slantingly* (Induct. 12), *staringly* (Calid. 149), *tremblingly* (Ode to Apollo 6, Calid. 82). Letzteres wort ist also von Keats schon vor seiner bekanntschaft mit Hunt angewandt worden.

solcher menge angewandt wie Browne¹). Auf eine ziemlich ausgedehnte bekanntschaft mit Milton in dieser zeit weist die erwähnung des Lycidas (Keen, fitful gusts 12), der anfang des sonetts »To one who has been long in city pent«, der eine reminiscenz aus »Paradise Lost« (9, 445) ist, und das seltsame wort *spherey* (Ep. to George Keats 4) hin, das aus dem Comus (*the sphery chime*, v. 1021) entlehnt zu sein scheint²). Aber in grossartigerem maassstabe beginnt Milton erst in einer späteren epoche auf Keats zu wirken.

Unter den neueren dichtern war Chatterton Keats' besonderer liebling. Aber von dem sonett auf ihn und seiner erwähnung in der epistel an Mathew (v. 56) abgesehen, lässt sich von einer beeinflussung durch denselben keine directe spur aufzeigen. Anders bei Thomas Moore, dessen werke unser dichter in einer gewissen periode ziemlich eingehend studirt zu haben scheint. Einige seiner jugendsachen: die »Stanzas to Miss Wylie«, »To Some Ladies« und »On receiving a curious Shell«, stehen nach stil und metrum offenbar unter dem einfluss Moore's. Für Byron hatte Keats eine jugendliche bewunderung, die in dem besprochenen sonett ihren ausdruck fand, aber später bald erlosch. Was endlich Wordsworth betrifft, so hegte er eine unbegrenzte hochachtung und verehrung für dessen genie, wie sie sich in dem sonett »Great spirits now on earth are sojourning«, sowie in einer stelle von »Sleep and Poetry« (v. 223 ff.) ausspricht. Aber in eine nähere beziehung zu ihm ist er nicht getreten.

Unter den metrischen formen der gedichte aus dieser periode nehmen das heroische couplet und die sonettstrophe bei weitem den grössten raum ein. Andere metren kommen nur sporadisch vor und sind gleich bei der besprechung der betreffenden gedichte mit berücksichtigt worden. Ueber Keats' heroischen vers ist auch schon genug gesagt, und es möge hier darum nur noch eine übersicht über die reimstellung der sonette platz finden³).

---

¹) Nach der beobachtung von W. T. Arnold in der vorrede zu seiner ausgabe p. XLIII.
²) Während der drucklegung dieses aufsatzes sind mir noch verschiedene wörter aufgestossen, die auf eine frühzeitige lectüre Milton's zu weisen scheinen. Darüber ein anderes mal bei gelegenheit einer zusammenhängenden darstellung von dessen einfluss.
³) Eine eingehendere erörterung von Keats' sonettform überhaupt muss für später reservirt werden. Einige beachtenswerthe bemerkungen darüber finden sich in dem soeben erschienenen buche von Robert Bridges (p. 60—66), auf das oben schon hingewiesen wurde.

Das bei weitem häufigste schema ist: abba abba cdcdcd. Von 30 sonetten sind 17 in dieser weise abgefasst. Nächstdem kommt in weitem abstande das schema: abba abba cdecde mit vier sonetten (On leaving some Friends; Oh! how I love; Had I a man's fair form; Grasshopper and Cricket). Eine reihe anderer formen kommen nur zufällig vor, jede durch 1 beispiel vertreten: abba abba cdcddc (The church bells toll), abba abba cddccd (How many bards), abba abba cddcdc (O Solitude), abba abba cdcdee (To my brother George), abba abba cddcee (This pleasant Tale), abba abba cdcede (After dark vapors), abba abba cdedce (To Kosciusko), abba abba cdedec (Happy is England). Endlich ein ganz unregelmässiges: abab cdcd efefgg (To Spenser). Also mit alleiniger ausnahme des letzten falles zeigen die quatrinen regelmässig das schema abba abba; die terzinen haben in der überwiegenden mehrzahl ebenfalls das gleiche schema cdcdcd; doch finden sich hiervon zahlreiche abweichungen der verschiedensten art. —

Keats' freunde hatten sämmtlich erwartet, dass die gedichte sensation in der litterarischen welt erregen würden[1]. »Ich habe Ihr 'Sleep and Poetry' gelesen«, schrieb Haydon. »Es ist ein blitzstrahl, der die menschen von ihren beschäftigungen aufschrecken und sie zitternd warten lassen wird auf den donnerschlag, der folgen muss«[2]. Aber von dem donnerschlag war nichts zu hören. Alles blieb ruhig. Die öffentliche aufmerksamkeit war zu sehr durch geister ersten ranges, wie Scott und Byron, in anspruch genommen, als dass sie das keimende genie in diesem anspruchslosen büchlein entdeckt hätte. Der absatz der kleinen auflage war herzlich schwach und stockte bald ganz. Keats' bruder George scheint in einem briefe an die verleger diesen die schuld daran in die schuhe geschoben zu haben. Sie verwahren sich dagegen in einem antwortschreiben vom 29. April 1817[3]), worin es unter anderm sehr bezeichnend heisst: »Wir bedauern, dass Ihr herr bruder uns je ersucht hat, sein buch zu verlegen, und dass unsere ansicht über die vorzüge desselben uns verleitete, dem gesuche folge zu leisten. Wir sind Ihnen jedoch sehr verbunden dafür, dass sie uns der unangenehmen nothwendigkeit überheben, jede weitere verbindung damit abzulehnen, was wir

---

[1]) Clarke: KW 4, 319 f.
[2]) KW 4, 349, anm. 1.
[3]) KW 1, 348.

hätten thun müssen, da die neugierde, unseres erachtens, befriedigt ist und der verkauf aufgehört hat.« Die meisten kunden, heisst es weiter, hätten so viel daran auszusetzen gehabt und es so lächerlich gemacht, dass die verleger es in vielen fällen lieber zurückgenommen hätten, als sich über diese urtheilsäusserungen zu ärgern. Ein herr habe das buch geradezu für nichts anderes als eine bauernfängerei erklärt. Einige provinzialblätter brachten recensionen, und Hunt lieferte im »Examiner« vom 1. Juni und 6. und 13. Juli 1817 eine eingehende, günstige besprechung des buches; aber das änderte an dessen schicksal nichts mehr.

Wir können, wenn wir gerecht sein wollen, das englische publicum von damals und die zeitgenössische kritik nicht verdammen wegen der ungünstigen aufnahme, die sie diesem erstlingswerke eines später so bedeutenden dichters bereiteten. Das bändchen enthielt allerdings einige perlen von dauerndem werthe und hoher poetischer schönheit, wie die sonette auf Chapman's Homer, Keen fitful gusts, On the Grasshopper and Cricket, Happy is England, After dark vapors, und einzelne stellen in den längeren gedichten, die wir meist bei den betreffenden gelegenheiten hervorgehoben haben. Aber nur ein kritiker von ungewöhnlichem scharfblick und besonderer gewissenhaftigkeit hätte diese perlen unter dem üppig wuchernden rankenwerk poetischen unkrauts wahrnehmen können. Die schwächen der composition traten zu offenbar zu tage und fielen zunächst allein in die augen, während die zweifellos vorhandenen schönheiten nur von den freunden gewürdigt wurden, die von des dichters hoher begabung persönlich überzeugt waren. Worin diese schwächen bestanden, hat schon Hunt in seiner recension treffend auseinandergesetzt. Das metrum ist vielfach zu nachlässig behandelt. Die schilderungen sind zu mikroskopisch; grosses und kleines ist unterschiedslos neben einander gestellt, was Hunt richtig mit einem gemälde ohne perspektive vergleicht. Das detail überwuchert zu sehr; es zeugt zwar von scharfer beobachtung der natur, grenzt aber recht oft nahe an's prosaische. Der dichter folgt urtheilslos allen gedanken und einfällen, wodurch poetisches und geschmackloses vielfach unmittelbar aneinander gereiht und der gedankengang verworren wird, so dass Hunt nicht so ganz unrecht hat, wenn er Keats vor dem muster Marino's warnt. Alles in allem zeigt der verfasser mehr empfindung und phantasie als urtheilskraft. Aber alle diese schwächen beruhen gleichzeitig auf vorzügen, insofern sie aus einem jugendlichen embarras de richesse entspringen, der jedenfalls weit besser ist als das gegentheil. Eine frische lebenskraft, ein spontaner und aus der innersten natur kommender poetischer drang ist überall erkennbar und harrt nur der regelung und eindämmung durch die erfahrung. Schon diese jugenddichtungen bieten manchen beleg für jene beiden eigenschaften, die den reifen Keats in so hervorragender weise auszeichnen: die treffsicherheit und prägnante kürze des sprachlichen ausdrucks, und die kunst, mit wenigen worten ein ganzes, eindrucksvolles gemälde zu zeichnen. Keats hat später in seinen reifen schöpfungen zur genüge bewiesen, dass er im stande war, seine übersprudelnde poetische phantasie gehörig zu meistern und form und inhalt in ein harmonisches verhältniss zu bringen. Diese jugendgedichte sind aber mit wenigen ausnahmen nichts weiter als poetische versuche und anläufe, keine vollendeten kunstwerke.

Für den biographen sind sie gleichwohl von grossem werth und interesse. Von den drei elementen, die später im wesentlichen den kern der Keats'schen poesie ausmachen: natur, romantik und classische mythologie, ist das erste in diesen jugenddichtungen bereits in hohem grade entwickelt, und zu den beiden andern sind wenigstens bedeutsame ansätze vorhanden. Keats' naturempfindung ist einfach, unmittelbar und interesselos. Er liebt die natur um ihrer selbst willen, wie er die schönheit um ihrer selbst willen sucht. Er lebt mehr in anschauungen als in ideen und speculationen. Sein standpunkt ist von Brandes treffend als sensualismus charakterisirt worden. Er freut sich an allen schönheiten der sinnenwelt; seine poesie giebt den unmittelbaren sinnlichen eindruck der natur auf das menschengemüth wieder. Zugleich zeugen diese poetischen erstlinge bereits von einer vertrautheit mit all den mannigfachen reizen und geheimen regungen der natur, die uns in erstaunen setzen muss. Auf der andern seite lassen sie aber auch schon deutlich die hauptschwäche des späteren Keats erkennen: seine gänzliche unfähigkeit, menschliche leidenschaften zu erfassen und poetisch darzustellen.

So keimt und sprosst es überall in diesen jugendversuchen. Zwar schiessen die ranken und das laubwerk vorläufig noch zu üppig empor und drohen alles zu überwuchern. Aber aus ihrer mitte erhebt sich bereits ein stamm, der immer mehr erstarkt und bald reiche früchte tragen wird.

Anhang.
Chronologische tabelle.

1795, 31. October. John Keats geb. zu Finsbury Pavement, London.
1795, 18. December. John Keats getauft zu St. Botolph's, Bishopsgate.
1797, 28. Februar. George Keats geb. († 1842).
1799, 18. November. Tom Keats geb. († 1818).
1801, 28. April. Edward Keats geb. († in der kindheit).
1801, 24. September. Die 3 letztgenannten kinder getauft in St. Leonard's, Shoreditch.
1803, 3. Juni. Francis Mary (Fanny) Keats geb. († als Mrs. Llanos 1889).
ca. 1803—10 schulzeit John's in Clarke's schule zu Enfield.
1804, 16. April. Keats' vater † durch sturz mit dem pferde.
1805. Keats' mutter heirathet William Rawlings.
1805, 8. März. Keats' grossvater Jennings †.
1810, Februar. Keats' mutter † an schwindsucht.
1810, Juli. Keats' grossmutter Jennings stellt ihre enkelkinder unter zwei vormünder. Testament.
1810—14 lehrzeit in Edmonton bei dem chirurgen Hammond.
1813, herbst. »Imitation of Spenser«.
1814 bis Juli 1816 medicinische studienzeit in London.
1814 bis sommer 1815. Keats wohnt 8, Dean Street, Borough, allein.
1814. Verse »On Death«.
1814, December. Grossmutter Jennings †. — Sonett »To Byron«. »To Chatterton« (?).
1815, 2. Februar. Sonett »Written on the day that Mr. Leigh Hunt left prison«.
1815, Februar. »Ode to Apollo«. — »Hymn to Apollo« (?). — »To Hope«.
1815, frühjahr. Clarke zieht nach London. — Sonett: »On first looking into Chapman's Homer«.
1815, sommer bis herbst 1816. Keats wohnt in Thomas Street. — Wird bekannt mit den Wylies, mit Haslam und Severn. — Sonette »To a young Lady« (?) und »Had I a man's fair form« (?); »Woman, when I behold the flippant, vain« (?).
1815, November. »Epistle to G. F. Mathew«.
1816, 14. Februar. »To**** (Hadst thou liv'd in days of old)«.
1816, 3. März. Assistent in Guy's Hospital.
1816, frühjahr. Hunt's »Story of Rimini« erscheint.
1816, 5. Mai sonett »O Solitude!« von Hunt im Examiner abgedruckt.
1816, sommer. »Stanzas to Miss Wylie«. — »To some Ladies« (?). — »On receiving a curious Shell« (?). — »O how I love on a fair summer's eve« (?).
1816, Juni. »To one who has been long in city pent«.
1816, 29. Juni. Sonett an Wells.
1816, 25. Juli. Licentiaten-examen in Apothecaries Hall.
1816, August und September. In Margate.
1816, August. Sonett »To my Brother George«. — Epistel »To my Brother George«.

1816, September. Epistel »To Cowden Clarke«.
1816, September oder October durch Clarke mit Leigh Hunt bekannt. — Sonette »Keen, fitful gusts« und »On leaving some friends«.
1816, 31. October mündig.
Winter 1816—17. Keats wohnt mit seinen brüdern 76, Cheapside, in der nähe der Poultry. — Bekanntschaft mit J. H. Reynolds. — Entstehung von »Induction«, »Calidore«, »I stood tiptoe«, »Sleep and Poetry« und anderen dichtungen: »As from the darkening gloom« (?) und »Happy is England« (?).
1816, November. Bekanntschaft mit Haydon durch Hunt. — Profilskizze von Keats.
1816, 18. November. Sonett »To my Brothers«.
1816, 20. November. Sonett an Haydon: »Great spirits now on earth«. Bald darauf das zweite sonett an Haydon: »Highmindedness, a jealousy for good«.
1816, December. Sonett »To G. A. W. (Nymph of the downward smile)«. — Sonett »To Kosciusko«. — Severn's kreideskizze von Keats.
1816, 1. December. Hunt's aufsatz »Young Poets« im Examiner. Sonett auf Chapman's Homer gedruckt.
1816, 17. December. Anspielung auf »I stood tip-toe« in einem briefe an Clarke.
1816, 24. December. Sonett »The church bells toll«.
1816, 30. December. Sonett »On the Grasshopper and Cricket«.
1817, 31. Januar. Sonett »After dark vapors«.
1817, Februar. Sonett »Upon reading the 'Flowre and the Lefe'«.
1817, ende Februar. Sonette auf die Elgin Marbles und an Haydon.
1817, März. Widmungssonett »To Leigh Hunt Esq.« — Der band v. 1817 erscheint.
1817, Frühjahr. Höhepunkt der freundschaft mit Haydon. — Wird durch Hunt mit Shelley bekannt.
1817, 29. April. Brief der verleger an George Keats: Der verkauf hat ganz aufgehört.
1817, 1. Juni, 6. u. 13. Juli besprechung des bandes durch Leigh Hunt im Examiner.

TÜBINGEN, April 1895. J. Hoops.

II.
DIE BERLITZ-METHODE.

Vor ungefähr zwei jahren wurde mir das anerbieten gemacht, die leitung der Dresdener zweigschule der Berlitz-School of Languages zu übernehmen. Obwohl die äusseren bedingungen sehr günstig waren, trug ich anfangs bedenken, diesem rufe folge zu leisten,